わたし以外とのラブコメは許さないんだからね

watashi igai
tono
LOVE COME ha
yurusanain
dakarane

羽場楽人
ill.イコモチ

著／羽場楽人　イラスト／イコモチ　デザイン／たにごめかぶと（ムシカゴグラフィクス）

七村 竜
ハイスペックバスケ部男子。
恋愛経験は豊富。
瀬名 希墨
お人好しのクラス委員。
ヨルカとは恋人関係に。

わたし以外とのラブコメは許さないんだからね 2

watashi igai
tono
LOVE COME ha
yurusanain
dakarane

羽場楽人
ill. イコモチ

第一話　ハッピーであるが、もちろんエンドではない

「俺と有坂は付き合っている。ヨルカは俺の恋人だ」

クラスメイト達の前で俺が恋人宣言をしてから、俺達の高校生活では様々なことがあった。

なにせ俺の愛すべき恋人はあの有坂ヨルカだ。

校内一の高嶺の花である美少女はいつも人々の注目を集める。

その相手である俺こと瀬名希墨と言えば、絵に描いたような地味で平凡な男子高校生。

『よくもまぁこんな格差カップルが生まれたものだ』という声が永聖高等学校の校内に溢れたのは言うまでもない。

大きなお世話である。

色恋というのは集団における最大の関心事。

はたから見れば釣り合っていなくても俺とヨルカは好き合っている。

完全無欠のハイスペック美少女は、意外と自信がない。

そんな彼女が唯一心を開いてくれたのが俺なのだ。

時に笑い、時に嫉妬しながらマイペースに楽しく交際を重ねていった。

俺達の熱愛っぷりは月日を経ても冷めることはなく、高校卒業後はふたりで同じ大学に進学。在学中に同棲をはじめ、充実した四年間を送った。

そして社会人二年目、俺は彼女にプロポーズをした。

はじめて校舎裏の桜の木の下で告白した時のようにヨルカは逃げることなく、そして今度は迷うこともなくＹＥＳの返事をくれた。穏やかな新婚生活から程なく子宝にも恵まれ、家族仲良く幸せに暮らしましたとさ。めでたしめでたし。

あぁ、なんて素晴らしいハッピーエンドだろう。我が生涯に一片の悔いなし。

瀬名希墨の人生、完。

――などというのはもちろん俺の気の早い妄想だ。

最初の一言目以降は、完全なる俺の現実逃避である。

無論、有坂ヨルカと付き合っている現在高校二年の俺が、ハッピーであるのは間違いない。

この理想の未来に向けて、俺は次のステップとしてヨルカと休日デートをしたいと思っていた。

が、たとえ両想いのラブラブカップルだとしても休日デートが実現するとは限らない。

「一体なに考えているのよ、希墨のバカ！」

「瀬名さん！　私がどれほど苦労して、おふたりの件を収めたと思っているのですか！」

恋人宣言をした日の放課後、生徒指導室。

俺は有坂ヨルカと担任の神崎紫鶴先生から絶賛説教を受けていた。

恋人と担任が同席する三者面談とかどんなシュールな状況だよ。

俺は双方から容赦なく責められていた。

「ちょっと、希墨。ちゃんと聞いてるの？」

俺の愛すべき恋人であるヨルカはいつになく猛烈な勢いでしゃべる。

細身ながらメリハリの利いた抜群のスタイル。手足はすらりと長く、バストやヒップの大きさに反してウエストは驚くほど細い。

新雪のように白い肌を紅潮させるのは羞恥か、怒りが原因か。かき上げた長い髪は艶やかで輝いているように見える。大きな瞳は鏡のように曇りなく、俺だけを見つめる。それを濃く縁取るまつ毛は、頬に影が落ちるほど長い。左の目元の泣きぼくろがチャーミングだ。薄いピンクの唇にはつい目を奪われてしまう。

「聞いてるよ。ただ恋人に見惚れてるだけだから」

怒っていても美しいのだから、ヨルカの魅力も奥深い。

造形的に整っているだけでなく、喜怒哀楽の表情ひとつひとつが愛おしかった。

いつまでもヨルカの顔を眺めていられる。

ヨルカの鋭い眼差しさえ心地のよいマッサージにしか感じないくらい俺は惚れこんでいた。

少なくとも今ヨルカが怒っているのが恥ずかしさの裏返しだと、すぐにわかった。

「わ、わたしは真剣に注意してるのッ！」

俺の率直な一言にあっさり動揺するヨルカ。初心な反応がいちいちかわいらしい。

ここが生徒指導室でなければ、もっとヨルカの反応を楽しんでいただろう。

「俺も真剣にそう感じてるから素直に答えただけだ」

「それがズレてるって言ってるのよ！」

「まんざらでもないくせに」

俺はじっとヨルカの瞳を見つめる。

それだけで彼女はまた恥ずかしさで目を逸らす。

「わたしをからかって楽しまないで。希墨、浮かれすぎだから」

「……──、まぁそうなんだろうな」

ヨルカに指摘されて、俺は自分がかなり舞い上がっているのを自覚した。

「気づいてなかったの？　どれだけおめでたいの？」

「そりゃおめでたくもなるさ。晴れて俺とヨルカが付き合ってることがオープンになったんだぜ。内緒の恋人でもよかったけど、今は俺の彼女が有坂ヨルカだって言えることが素直に嬉しいんだ」

今年の四月にヨルカからOKをもらい、交際をスタートさせた俺達。

注目されるのが苦手なヨルカの希望で、俺達が付き合っていることを当初は秘密にしていた。

だが、ある休日の朝に駅前で別れる俺達の姿を──誰かに目撃されてしまった。

有坂ヨルカが男と朝帰りしたという噂はまたたく間に学校中に広まった。

かつてないほど注目が集まる状況に、ヨルカは耐え切れず衝動的に別れを切り出した。だが頼れる友達の助けもあり、俺達は無事に恋人同士に戻ることができた。

あんな喪失感は二度と味わいたくない。

だから俺は、恋人宣言をするに至ったのだ。

「……希墨が喜んでくれることは、わたしも嬉しいよ。それは十分わかってるつもり。けど、やっぱり恥ずかしいものは恥ずかしいの！　わたしは今まで通り、内緒で付き合うだけで十分なのに」

神の過剰な肩入れか、ＤＮＡが本気を出しすぎたのか。

有坂ヨルカという稀代の美少女はとにかく目立つ。

その美しさに引き寄せられる周囲の視線は幼い頃からストレス以外の何物でもなかったらしい。

おかげですっかり人嫌いになっていた。

視線に敏感なヨルカは、休み時間ともなれば校舎の隅にある美術準備室に身を隠して、他人との関わりを極力避けてきた。

教室では持ち前のクールビューティーな雰囲気でクラスメイトを徹底的に遠ざける。

周りもそんな彼女に忖度してきたせいでそのまま来てしまった。

俺も学校一の高嶺の花の正体がコミュ障だと知るのは、去年の夏前から美術準備室に通うようになってからなのだが。

「深刻になるなって。俺達に後ろめたいことなんてないだろ。宣言しとけば教室でも堂々とイチャつけるぜ？」

「あ、あんまり節度がないのはよくないと思うけど。無闇にベタベタしたら、すぐに飽きちゃうかもしれないでしょ……」

「俺がヨルカに飽きるわけないだろ！」

「あっ、ありがとう。――じゃな、くてッ！」

潔い俺の返答に、ヨルカはにやけるのを必死に我慢しているようだ。

「わかったよ。教室では我慢する。その代わり、ふたりきりの時は遠慮しない！」

「そういう問題じゃないッ、から」

「じゃあ素っ気ない方がいいのか？　なんだかさびしいなぁ」

「そ、それは、その……」とヨルカはごにょごにょと歯切れが悪い。

口ではイチャつくのを嫌がっているが「それも悪くないかも」みたいな顔をしているヨルカ。

「喧嘩しながらイチャつくなんて器用ですね。しかも教師の前で」

　神崎先生が無表情に、冷ややかな感想を述べる。

「あ、バレました？」「違うからッ！」

「痴話喧嘩を見せつけられる身にもなってください」

　神崎先生が頭痛をこらえるように額に指を添える。

　天敵である神崎先生のその反応に、ヨルカはムッとしていた。

「交際をオープンにするかはおふたりの個人的な問題です。私の方から言うべきことはありません。しかしッ！　物事には適切なタイミングというものがあります！　よりにもよって噂の火消しをした直後に、恋人宣言とはどういうつもりですか！　少しはこちらの苦労を酌んでくれてもよいのではありませんか」

　物静かな神崎先生にしては珍しく口数が多い。

　絹のような黒髪が印象的な和風美人。その所作のひとつひとつは優雅で無駄がない。椅子に腰かける様は絵になるほどだ。そんな大人の上品な色気を漂わせる大和撫子は理知的な眼差しで俺を睨むように見てくる。

　朝帰りの噂の火消しに動いてくれた陰の功労者は明らかに不満そうだ。

　今朝のホームルームで俺が恋人宣言をした直後。

　クラスメイト達がからかいながらも祝福してくれる中、先生だけがずっと無言を貫いていた。

　あの時抑えていた感情を今まさに爆発させているようだ。

「でも、先生だって言ったじゃないですか。俺はヨルカの橋渡し役だって」

「瀬名さん。私がお願いしたのは、人付き合いの苦手な有坂さんと他の生徒の交流を取り持つことです。あくまでコミュニケーションの窓口として、彼女の学校生活全般のサポートです。クラス委員の立場を利用して、手を出せとまでは言ってません」

俺達のキューピッドである先生はかなりストレートな言い方をした。

もちろん先生のお気に召さないのは重々承知している。

それでも俺の恋人宣言は、あのタイミング以外ではありえなかった。

「きっかけがたまたまクラス委員だっただけです！」

クラス委員の立場を利用して近づき、ヨルカを誑かした。

見方によってはそう捉えられなくもない。

だけど恋愛のきっかけなんて、そんなものだろう。最初はその気がなくても接しているうちに特別な好意を抱くようになっただけだ。

「……瀬名さんって案外手が早いんですね」

先生は、じーっと黒曜石のような瞳で疑わしげに俺を見つめる。

「そんなわけないでしょ。告白まで半年以上かかってるんですよ。俺にそんな恋愛テクがあれば、一年生の時から付き合ってます。まして、もっと大昔に彼女ができてますって」

「どうでしょうか」

神崎先生はあくまで懐疑的だった。

「きーすーみぃー。大昔に、他の女の子と付き合うチャンスあったの？」

ヨルカが地獄の底から響くような声を出す。こういう時だけ自分の天敵と同調するなよ。

「例え話だから！　俺はこれまでもこれからもヨルカ一筋！」

「またそうやってイチャついて」と先生が呆れる。

「先生！　俺達は純粋に意気投合したんです。純愛です。真面目なお付き合いです」

「私は別に記者会見を求めていません」

神崎先生は冷ややかだ。あくまで淡々とした口調でお説教を続ける。

「これはわたしと希墨の問題なんだから、部外者にとやかく言われる筋合いないでしょ！」

ヨルカも言われっぱなしで黙ってはいない。

「私はおふたりの担任です。迂闊な行いで、無用な不利益を被らないように適切に生徒を指導するのが職務です」

「それが過干渉なの！　わたし達は付き合ってることをオープンにしただけ。その程度のことで、生徒指導室まで呼び出す？」

先生のお説教がはじまった途端、ヨルカは俺の擁護に回った。

神崎先生に対してはヨルカはやたらと過激だ。

「そういう有坂さんも過保護ですね。私が呼んだのは瀬名さんだけです」

「わたしがいて不都合なことでもあるの？」

「有り体に言えば、思っていた以上に邪魔です。瀬名さんと大事な話ができません」

あまりにストレートな物言いに、さすがのヨルカも絶句する。

「ふたりとも落ち着いて。俺はヨルカとの今後を考えて、率直に付き合ってることを公表しただけです」

「誰のせいよ！」「誰のせいです！」

美少女と美女に同時に怒られる。

「ふ、ふたりの息ぴったり。ほーらポジティブな変化がもう起きてる」

俺だって思いつきで交際を公表したわけではない。

ヨルカとずっと一緒にいられれば、それだけで構わないのだ。

仮に卒業まで秘密にしていようとも俺達の気持ちが冷めるようなことはないだろう。

ただ、それ以上に俺達の交際をオープンにすることでヨルカともっと楽しい高校生活が送れる。そう思ったからだ。

「あーもうッ、散々な一日！ 朝から希墨が『ヨルカは俺の恋人だ』とかドヤ顔で言うから、学校中に広まっちゃったじゃない。廊下歩くたびにいつも以上にジロジロ見られて最悪。放課後は教師の嫌みを聞く羽目になるし」

ヨルカは唇を尖らせる。

なんでヨルカはここまで神崎先生を敵視するのだろう。

むしろ、こんな最良の師は他にいないと思うのだが。

上品でやさしく、まさに女性の鑑と言える神崎先生。聡明で常に冷静沈着。悩める生徒が相談をすれば、的確なアドバイスをしてくれる。

それこそヨルカのお姉さんも永聖の卒業生で先生の教え子。しかも卒業後も連絡を取り合う付き合いが続くほど慕っている。

神崎先生とヨルカのお姉さんの繋がりがあったからこそ、例の噂の件も無事に収束できた。

姉妹といえども同じ教師を好きになるとは限らないのか。

「勝手についてきたのは有坂さんではないですか」と先生はボソリと呟く。

俺はヨルカがまた先生に口撃するより先に謝る。

「事前に相談しなかったのは悪かった！　けど、ヨルカに話したらダメって言うだろ？」

「もちろん」

「じゃあサプライズで宣言するしかないだろ」

「どういう理屈よ」とヨルカはそっぽを向く。

「クラスの反応を見て、わかっただろ。みんな察してたんだよ。球技大会の競技決めでの逃亡、バスケの試合で俺を応援してくれたり、捻挫した俺に肩を貸して保健室まで付き添ってくれたり。そしてダメ押しで朝帰りの噂だ。後々バレて変に蒸し返されたら、もっと露骨な視線で見られるぞ。それに――ヨルカ、この先も自分の気持ちを抑えて振る舞えるのか？」

俺は理路整然と恋人宣言の必要性を説く。

バレる条件はとっくに揃っており、隠すにも限界がある。

スター性抜群のヨルカは一挙手一投足が人目を引いてしまう。

その状況に嫌気がさし、周囲の物事に対して徹底的に無関心になることで自分のストレスを減らしてきた。そうやって誰とも話さないようなヨルカの日常の中に俺という例外が発生した。

普段は冷静なのに俺が絡む時だけ、感情的かつ大胆に動く。

要するに、ヨルカの恋心は他人の目にもだだ洩れだった。

「……たぶん、無理」

本人にもその自覚は芽生えつつあるらしく渋々認めた。

中途半端に隠してヒソヒソとまた噂の的になるより、今のうちに公表した方が遥かにマシだ。

「だろ？　それにヨルカは自分で思ってるより周りとコミュニケーションとれてるから。必要以上に怯えることないよ。俺もいつでもフォローするし」

荒療治なのはわかっている。

それでも最初のきっかけさえあれば二回目、三回目と慣れていくのが人間だ。なにより俺が全力でヨルカを守る。

「うん……」

「せっかくの先生のご尽力まで無駄にするわけにもいきませんし」

「私はおまけですか」

神崎先生の言葉にはまだ棘がある。

「うう、もっと無関心でいてよ」とヨルカは恨めしそうだ。

「贅沢な悩みですね。有坂さんのストレスの原因は外見の問題だけではないでしょうに」

「諸々めんどくさい性格も含めてヨルカって感じですし、俺は好きですけどね」

神崎先生と俺は客観的に意見交換をする。

「好き放題言ってんじゃないわよ！　もう帰る！」

ヨルカはカバンを担ぐ。

「え、今日はデートなし？」

「しない！」

「せっかく休日デートの相談とかしたかったのに」

「き、休日デート？」

俺の一言にヨルカがピタリと足を止める。がっつり食いついた。興味があるみたいでよかった。

「有坂さんはどうにも瀬名さんには激甘ですね」

「っ、——い、一日くらい反省しなさい！　ひとりで帰って！　今日はラインも禁止！」

ほら、またそうやって衝動的に口走るんだから。

先生の言葉に反射的に反応したヨルカは、誘惑を断ち切るように先に出ていってしまった。

「……一日なら我慢するか」と俺は大人しく受け入れる。

四月も下旬、もうすぐゴールデンウィークだ。

はじめての休日デートは、めいっぱいヨルカが楽しめるようにデートプランをしっかり練って遊びに行きたかった。

——この時、俺はまさか休日デートの実現まで思った以上の紆余曲折を経ることになるとは知る由もなかった。

ヨルカが帰ってしまい、俺は神崎先生と一対一であらためて向き合う。

「有坂さん、あれだけ騒いだのに、すぐ許してくれそうですね」

「ふたりの時だとあんな感じですよ」

「目の前でイチャつかれるだけでも目に余るのに。なんなのですか、あの有坂さんの骨抜きっぷり。瀬名さんって、やっぱり遊び慣れていませんか？」

神崎先生はいまだに疑ってくる。

「恋愛経験豊富なら、恋人にこんな振り回されませんってば」

「どんな手練れの男性でも有坂さん相手では一筋縄ではいきませんよ」

神崎先生はそう断言し、言葉を続ける。

「恋愛経験と本気で相手を想うことは別です。有坂さんに選ばれたのは、瀬名さんの気持ちが信じるに足ると感じさせたからでしょう」

至言だな。

大人の女性の言葉だ。やはり神崎先生は、多くの恋を経験してきたのだろうか。

「……なんやかんや、先生って理解がありますよね」

「あの有坂さんの様子を見れば、今回の瀬名さんの判断が早計とは思いません。私もそれは同意しましょう」

「なら――」

「で・す・が！　私個人の気が済みません。まったく！　大胆なことをしてくれましたね！」

訂正。機嫌は全然直っていない。去年も神崎先生の下でクラス委員をしていたが、こんなに感情を露わにするのははじめて見た。

「……そんなにお気に召しませんでした？」

「召しません。不服です。不満です」

何事においても動じず、淡々としている神崎先生がはっきりと眉をひそめる。

「許してくれませんか？」

「正味なところ、高校生の朝帰りは珍しいことではありません。そういうお年頃です。ただ、一歩間違えば大事になっていたんですよ。そこは履き違えないでください。あくまで節度ある交際を！」

「肝に銘じます！　すみませんでした！」

俺は背筋を伸ばして、はっきりと反省の意を示す。

「……まぁ瀬名さんについては基本的に信用しています。むしろ危ういのは有坂さんですよね。恋人のことになると情熱的すぎるというか、なりふり構わないというか。あの子にもあんな行動力があったんですね」

「さすが二年連続担任。ヨルカのことをよくわかってらっしゃる」

的確なヨルカ寸評に、俺は同意する。

「恋の力とは恐ろしいものです。有坂さんからあれほどの積極性を引き出すなんて」

「ヨルカ自身、もともとなんでもデキる子ですからね。ある意味、本来の力を発揮しただけというか」

「恋する乙女は無敵、なんでしょうね。ちょっと暴走気味ではありますが」

神崎先生は感心しながらも、どこか悔しそうだった。

「そこまでわかるんですか？」

「毎日教壇に立っていれば、生徒の変化には自然と気づくものです。あの子は去年瀬名さんが美術準備室に通うようになって以来、変わってきました。今ではすっかり別人ですが」

「そんなに違います？　教室では相変わらずだと思いますけど」

「あの子、暇さえあれば瀬名さんを目で追っていますから」

その様を思い出したように神崎先生は口元に微笑を浮かべる。

「嫉妬とはかわいいものです。女教師とふたりきりを警戒して同席してくるのですから」

「ダブルで説教される俺の立場はどうなるんですか」

「それは自業自得です」

「ていうか、先生。いつ俺とヨルカが付き合ってるって気づいたんですか？」

「確信したのは球技大会の時ですね。自分の声援に応えるように残り時間わずかからの見事な逆転シュートを決められては、有坂さんでなくても胸躍るのも無理ありません」

「先生もこっそり応援してくれた上に、胸も躍ったんですか？」

俺がニヤついているのに気づくと「失言です。忘れてください」と先生は素っ気ない態度で誤魔化そうとする。

「喜んでもらえたなら、俺も怪我した甲斐がありましたし」

「そういうところが心配なのですよ。瀬名さんは、自分の痛みや苦労を軽視する傾向があります」

神崎先生はどこかさびしそうにしながら呟く。

「……それが今日、先生が呼び出したほんとうの理由ですか？」

俺は直感する。

「他人の気持ちをきちんと想像できるのはあなたの強みです。私もあなたの世話上手なところを見こんでクラス委員をお願いしているのも事実です。ですが、寄り添いすぎて他人の痛みまで一緒に引き受けすぎてしまわないように」

「共感しすぎるなってことですか？」

「気づいてしまえば、瀬名さんは無視できない。解決しようと必死になって自分が傷つくことを時に厭わない。それが私は心配なのです」

先生が言っているのは去年の夏の一件だろう。

当時バスケ部だった俺は、他校との練習試合で起こった喧嘩騒ぎにより辞めることとなった。

チームメイトの七村竜を守るためにした抗議だ。後悔はない。

優れた才能を嫉妬やつまらないケチで潰される方が許せなかった。

だけど、神崎先生は俺の退部処分を覆せなかったことをまだ気にしているのだろう。

「善処します。お気遣いありがとうございます」

俺は先生の言葉を心に刻む。

「そうしてください。お節介はほどほどに、という話です。無自覚なやさしさが裏目に出ることもあります。さもないと、また有坂さんが嫉妬しますよ」

妙な釘を刺されて、俺は「ウッ」と言葉を詰まらせる。

「……瀬名さん。まさか、すでに身に覚えでも？」

先生の目が細まる。俺は生徒指導室を逃げるように後にした。

生徒指導室の扉をぴったりと閉じた俺は、急いで廊下の角まで走って身を隠す。

「……まったく神崎先生ってば、なんであんなに鋭いわけ？」

思わず図星を突かれて、俺の心臓がバクバクしている。

昨日、ヨルカに振られた一瞬の隙を狙ったように同じくクラス委員の支倉朝姫から俺は告白をされた。

直後に現れたヨルカが俺と付き合っていることを熱烈に告げて、朝姫さんはあっさり引いてくれた。朝姫さんのその大人な振る舞いはほんとうに尊敬してしまう。

「あぁ～～～ッ⁉　恋人宣言、焦りすぎた？　マズったのか俺、しくじったのか瀬名希墨！」

人気がないのをいいことに叫んでしまう。

一方的な別れ話、朝姫さんからの不意打ちの告白、さらに修羅場からの復縁と俺の感情曲線もかなり乱高下が激しかった。

正直、その勢いと熱のままに盛り上がって、恋人宣言をしたところもある。

だけど付き合っていることを公表すれば、ヨルカに告白するようなやつが減るだろうと単純ながら思った。

恋人がいるにも拘わらずわざわざアプローチをかけてくるなど、余程の自信家か無策の特攻野郎か、あるいは好意を抑えきれなかった純粋な人なのだろう。

いずれにしろ、ちょっかいが減らせれば、ヨルカの精神的負担も減るはずだ。

――というのは半分事実、半分建前。

ほんとうは俺の独占欲もある。

美人だから仕方がないとはいえ、恋人が他の男に声をかけられるのは正直気分のいいものではない。

「わからん。ヨルカのあの反応なら照れ隠しだろうけど、それでも不安だよぉ――――ッ!?」

実際、生まれてはじめて彼女ができて、俺も相当舞い上がっているのである。

経験不足ゆえ、相手の気持ちに確信が持てない。

むしろ考えすぎて余計に悩む。

「うぅ、一日でも連絡とれんのはさびしい」

付き合ってからは毎日ラインでやりとりをしていた。

メッセージが来れば即返信。それが日課になっている。

それが急に禁止されると、精神的にしんどい。

「先生の前だから『一日なら我慢するか』とかカッコつけちゃったけどさ、不機嫌が長引いたらどうしよ……」

まさかの恋人宣言がきっかけで連絡禁止になるとは予想外だ。

ポケットからスマホを取り出し、ヨルカの名前をタップする。

「しれーっとメッセージ送っちゃおうかな。あ、でも既読無視されるの恐いしなぁ……」

生徒指導室から解放されたよ、と軽い終了報告を送るか否かでさえ悩む。

「せめて謝りの一言くらい送るか。案外すんなり許してくれるかも。いやでも機嫌の悪い時に余計なことして火に油を注ぐのもな。んーお達し通り、一日は我慢するか？」

誰かこういう時の正しい対応を教えてくれ！

指がメッセージを打ちこめないまま廊下で煩悶していると、背後から声をかけられる。

「廊下で叫んだり、悩んだり忙しいですね。不審者ですか？」

聞き覚えのある女の子の声だった。

からかうような言い方には、どこか俺を侮るような気配が感じられる。

そんな小生意気な態度で俺に接してくる女子に、ひとりだけ心当たりがあった。

だが、その人物がここにいるわけがない。

「──────」

俺は声の主を確かめるために、ゆっくり振り返る。

夕暮れの廊下に立つのは今どきのオシャレな女子高校生。

ミルクティー色に染めた明るい茶髪は肩の上までの長さがあり、くせ毛風な動きのある毛先が軽やかだ。艶めく唇にさり気ない化粧。目立ちすぎない小さなネックレスをつけている。襟元のボタンはとめておらず鎖骨が見える。リボンタイも緩めだ。制服の下には薄手の黒いパーカーを着ており、ジッパーはみぞおちのあたりまでしか閉めていない。短くしたスカートから伸びているのは細すぎず太すぎずの健康的な脚。足首までの短いソックスのせいかさらに長く見えた。

制服を適度に着崩し、自分なりのファッションとして楽しんでいる。

そしてまだ真新しい上履き。

「一年ぶりですね、きー先輩」

「……紗夕？」

「そうですよ。驚きました？」

「ほんとに、幸波紗夕なのか？」

「なんでフルネーム？　まさか私の顔を忘れたなんて言わせませんよ」

そう言って近づいてきた紗夕が俺の顔を見上げる。

ふわりと鼻先をくすぐる香りは、確かに紗夕のお気に入りのシャンプーのものだ。

「いや、覚えてるよ。もちろん」

彼女の名前は幸波紗夕。

俺と同じ中学で、しかもバスケ部のひとつ下の後輩だった。

そんな彼女が永聖高等学校の制服を着て、俺の前に現れた。

幕間一

あたしが生徒指導室の前でスマホをいじりながら待っていると、扉が突然開いた。

飛び出してきたのはクラスメイトの有坂ヨルカだ。あだ名はヨルヨル。

「あれ、ヨルヨルだけ？」

「宮内さん？　なんで、ここに？」

「友達が凹んでたら慰めてあげようと思ってたんだけど、その必要はなさそだね。スミスミの方はまだ怒られ中？」

「希墨はもう少し反省すべき！」とヨルヨルは頰を膨らませプリプリ怒っていた。

「ご機嫌ななめだねぇ。そんなに恋人宣言が嫌だったの？」

彼氏を助けるんだとばかりに勇ましく同席したというのに、結局ひとりで出てきたヨルヨル。

「嫌っていうか困る……。みんながわたしと希墨が付き合ってるのを知ってるなんて」

綺麗系な女の子が急にオロオロしだした。

そのギャップに男子ならずともキュンとくる。

「ヨルヨルはずるいなー。なにやってもかわいいし」

「え、変かな？」

「ううん、いいと思う。クールなヨルヨルのそういうところって貴重だし」

整った顔立ちの友人が見せる感情的な一面をあたしは微笑ましく受け止める。

「ねぇ、宮内さん。せっかくだからちょっと話聞いてくれない？」

彼女が自分から誘うなんて珍しい。

「スミスミを待たなくてもいいの？」

「今日は希墨にはひとりで帰ってもらう。ちょっとはお灸を据えないと調子に乗るから」

「ひとりで帰るのがお灸、ねぇ……」

ヨルヨルとしてはたった一日恋人と一緒に下校できないことが辛いらしい。

その程度が本気で罰になると思っているなら、どれだけスミスミにべた惚れなのか。

「あれ？　ひどかったかな。思わずラインも禁止って言っちゃったんだけど……」

果てしなくべた惚れだった。

「大したことないってば。それに明日には許すんでしょ？」

「う、うん。なんとかわたしも、今日一日は我慢する」

露骨に気落ちしている学校一の美人。

「いや、ヨルヨルの方がすでにしんどそうだしッ！」

あたしはオーバーサイズのパーカーの余った袖でペシンとノリツッコミしてしまう。

「早いよ!? 早すぎだよ。たった今、生徒指導室から出てきたばっかりなのに、もう後悔ッ!?

そうやって衝動的に動くところ、スミスミ振った時とまるで変わってないし!」

別れそうだったふたりの復縁を手助けした身としては叱らずにはいられない。

「わかってるのよ。冷静にしなきゃいけないって思ってても、気づいたら口走ってて……」

「次は助けられないよ」

あたしはあえて突き放すように脅してみた。

途端、血相を変えたヨルヨルは慌てる。

「だからね、宮内さん! この後相談させて。お願い!」

「しょーがないなぁ、ヨルヨルは。よぉし、これから男子禁制のガールズトークだ」

あたしはポンと薄い胸を叩く。

喜ぶヨルヨルのおっぱいがポヨンと弾んだ。


階段を下りようとした時、ヨルヨルの足が急に止まった。

「どうしたの?」

「――なんか、誰かに見られてる気がして」

あたしも振り返って廊下を見渡すが誰もいない。

「ヨルヨルだったら、いつも誰かに見られてるんじゃないの?」

「普段とは違うんだよね。なんだろ、つい最近どこかで感じたような……」

注目されるのが運命のような美少女は、真剣な顔で記憶を思い返しているみたいだった。

「視線に覚えがあるって、よっぽど強烈なんじゃ……」

「わたしが人の視線に敏感なせいもあると思うけど」

「不安なら先生に相談しに戻ろうか?」

「そこまで大げさにしなくても大丈夫だよ」

そう言いながらもヨルヨルは廊下を探るように何度も振り返る。

「心配事あるならいつでも言ってよね。スミスミには言いづらくても女同士ならってこともあるだろうし」

「うん、ありがとう。宮内さんがいてくれてよかった」

あたし達は昇降口まで向かう。

歩きながら、ヨルヨルは今の気持ちを打ち明けてくれた。

「希墨がね、付き合ってるって言っちゃったからもう隠す必要なくなったじゃない?」

「うん」

「つ、つまり美術準備室以外でも、彼と恋人として接していられるわけで。き、希墨に触れたい気持ちが抑えられないかもって……」

「超深刻な顔して、どんな相談かと思ったらずいぶんとかわいらしい悩み」

あたしは拍子抜けしてしまう。

「これってそんな低レベルな悩みなのかな？」

「ハッキリ言えるのは、四六時中イチャつく心配はどーかなぁ。ヨルヨル発情しすぎぃ」

「そうだよね。いけない、憎むべきバカップルに陥るところだった」

「すごくニヤけてるよ。もう手遅れじゃない？」

「嘘どうしよう！　どうすればいいと思う、宮内さん！」

ヨルヨルは両手で顔を押さえて、一生懸命に緩む頬を隠そうとしていた。

「ヨルヨルの好きにすればいーんじゃなーい」

「呆れないで。見捨てないで。諦めないで。友達だよね！」

あたしの袖を握り、ヨルヨルは助けを求めてくる。

「だってぇ、惚気てるだけじゃーん」とあたしは笑うしかなかった。

「そんなことないってば！　本気で困ってるの」

「あースミスミはこの盛大なギャップにやられたのか。納得」

そりゃ極上の美少女に頼られれば、どんな人でも夢中になるだろう。

「勝手に納得しないで！　わたしの好きが爆発しそうなの！　助けて！」

「彼氏彼女の事情に口をはさむほど野暮じゃないからなぁ」

「み、宮内さん！」

泣きつくヨルヨルをからかうのは楽しい。だからこそ今の状況にホッとする。

「……ほんと、ちゃんと元の鞘に収まってよかったよ」

「うん。もう絶対別れるなんて言わない。希墨に、傷ついてほしくない」

ヨルヨルも相当に懲りたようだ。

後で聞かされてビックリした。なんと衝動的に別れのメッセージをヨルヨルが送った後、同じクラス委員の支倉朝姫さんからスミスミは告白されていたそうな。

なんだか朝姫ちゃんは彼と距離感近いなぁ、くらいには感じていたがまさか告白までするとは思わなかった。

ジャストなタイミングを見出す恋愛嗅覚には同じ女子として恐れ入る。

また、そんな状況に出くわしながらも力技で彼氏を取り返したヨルヨルも相当すごい。

「そもそも変な噂を流した犯人が悪いわけだし」

「犯人捜しは正直どうでもいいけどね」

「ヨルヨルは、怒ってないの？」

「もちろん最初は腹が立ったよ。人のプライベートを盗み見て、勝手に言いふらしたんだもの。だけど結果的に、希墨との絆は深まったと思う」

吹っ切れた様子のヨルヨルの横顔にはさっきのような臆病な気配はなかった。

「──あ、希墨にひとつ伝え忘れたことあったんだ」

ローファーに履き替えたところで、ヨルヨルはスマホを取り出して固まる。

「今日はライン禁止……」

「大事な用件なら連絡してもいいんじゃない？」

「それじゃ反省させることにならないし。明日にでも伝える」

「ほんとに？　この隙にもスミスミの前に新しい女の子が現れるかもよぉー」

あたしは冗談半分でそんなことを言う。

「脅かさないでよ。恋人宣言が今朝なのに。そんなことあるわけないってば」

「だよねぇ」

第二話　俺の後輩はかわいくて、かわいげがない

「紗夕、マジか！　おまえ永聖に合格してたのか！　すげえな！　なんで黙ってたんだよ！　お祝いしようぜ！　なんかおごってやるよ！」

　一年ぶりに再会した中学時代の後輩。名前は幸波紗夕。

　家も近所で、しかも同じバスケ部に所属しており、学校の行き帰りは毎日のように一緒だった。紗夕は朝起きるのが苦手だったため、朝練に遅刻しないように俺が毎朝迎えに行ったものだ。

「きー先輩、ハイテンションすぎ。ちょっとウザいです」

「そう言うなって。また先輩後輩になれて俺も嬉しくてさ！」

　面倒をみてきた子だから、こんな形で再会できるとは思わず勝手にテンションが上がってしまう。嬉しいものは嬉しいから仕方ない。

「……ちょっと予想以上に喜ばれて、なんかビックリです」

　俺が柄にもなくはしゃいでいるので、紗夕は若干引いていた。

「いやぁー勉強苦手なのにがんばったなぁ」

俺は感動と感傷が行ったり来たりして、どうにも感慨に浸ってしまう。

「いつの話してるんです。こうやって合格した以上、私も同等です！　いつまでも先輩風を吹かすのは止めてください」

「悪い。紗夕だってわかった途端、急に昔の感覚に戻っちゃって」

「はいはい、そーですか。って、私だってわからなかったんですか⁉」

紗夕は心外だとばかりに声を裏返らせる。どうにも俺の態度が気に喰わないみたいだ。

「いや最初は紗夕だって気づかなくて、ちょっと緊張したんだぜ。綺麗になったな」

中学時代からモテる子だったとはいえ、さらに女性らしさが増したと思う。

「……どうも、です。そういうきー先輩は、全然変わってないですね。昔と同じ。少しは成長しておいてくださいよ。腹立つ」

「はは、紗夕の毒舌も懐かしいな。しかし久しぶり。近所なのに卒業したら全然会わなくなったよな」

「いつまで立ち話させるんですか？　おごってくれるんですよね？　早く移動しましょうよ」

あっという間に痺れを切らした紗夕が催促してくる。

紗夕はなんというか昔から若干気が短いところがあった。お気に召さないと、すぐ別のことに興味が移る。

「すまんすまん。じゃあ駅前まで行こうぜ」

「ちょっと、きー先輩。私をどこに連れていくつもりですか？」

「そりゃ俺達が行くとしたら、いつものところだよ」

俺は不敵な顔で笑う。

通学路を歩き、住宅地にある俺達の家を通りすぎて駅前まで足を延ばす。

「ぶぅ！　入学祝いなら高級焼き肉がよかったぁ！」

「残念ながら、このあたりに高級焼き肉店はない。だいたい高校生が放課後にチェーン店以外に行くか？　そもそも俺にそんな金はない」

「私、おごりには全力で乗っかっていくので！」

ドヤ顔でピースをするな。

「俺を破産させるつもりか」

「こんなかわいい後輩を独り占めできるんですよ。いわばデートです。ファストフードのハンバーガーでお祝いなんて安すぎると思います！」

俺達がやってきたのは赤と黄色の看板でお馴染みの世界的チェーンのハンバーガー店である。

それぞれ好みのハンバーガーにポテトとドリンクのセットを注文した。

昔から部活帰りに小腹が空いた時は、ふたりでジャージのまま食べに来たものだ。

「――そうか。俺のささやかな祝いでは物足りないか。じゃあ、おまえのハンバーガーも俺が食う！　よこせ！」

俺はテーブルの反対側に手を伸ばして、トレイごと奪おうとする。

「別に食べないとは言ってないですよ！　あ、ポテトだけでも持っていくな！」

「ったく、贅沢言いやがって。素直に食べろってーの」

「きー先輩こそ二人分食べたら太りますよ。昔みたいに部活やってるわけじゃないんだから、すぐお腹プヨプヨに」

俺のお腹を指でつんつんするようなジェスチャーで煽る。

仕方なく俺は期間限定のハンバーガーを頬張りながら、ポテトを紗夕のトレイに戻す。

「あれ、俺がバスケやってないの知ってるのか？」

「バスケ部の体験入部に行った時にいませんでしたから。高校では帰宅部なのかなって」

キツイ運動部ほどどうにも相互監視的な雰囲気があり、辞めると裏切り者のように見られることもある。今にして思うと、ああいうのはマジでよくないよね。

「俺は俺なりに今忙しいの。そっちこそバスケ部に入らないのか？」

「ぶぅ！　スポーツ少女は卒業したの！　いちいち昔を引き合いに出さないでくださいよ」

この後輩、気に入らないとすぐに頬を膨らませて「ぶぅ！」とかわいく鳴くクセがある。

「もったいない。俺と違って、紗夕は才能あるんだから」

はじめて幸波紗夕のプレイを見た時、明らかに頭ひとつ抜けたセンスを感じた。

それは今でもハッキリと覚えている。

攻守が目まぐるしく変わるバスケットボールという競技において、彼女の負けん気の強さは見事に噛み合った。その卓越したパスセンスとスピード感のあるドリブルで敵も味方も翻弄する変幻自在のプレイスタイルを確立。点取り屋であるフォワードとしてその果敢なオフェンスで、勝利に貢献してきた。

普段は友達とワイワイ騒ぐふつうの女の子だが、コートに出れば颯爽と活躍するというギャップに心奪われる男子が続出した。

「毎日汗だくでヘトヘトになるのは中学時代で十分堪能したので。高校ではエンジョイＪＫとして楽しい三年間をすごすと決めたんです！」

紗夕の意志はどうやら固いようだ。

ハンバーガーを半分ほど食べたところで、俺はずっと気になっていたことを質問する。

「ていうか、もう四月も終わりだぞ。なんで永聖に入学したこと黙ってたんだ？」

「きー先輩にサプライズしたくて。驚きました？」

「そりゃ驚いたさ。けど一か月近くも引っ張るか？」

合格した時点とか、せめて四月の頭にでも教えてくれればよかったのに。

「むしろなんで、いち早く報告されて当然と思ってるんです？　信頼の厚い先輩気取りですか？　きー先輩、自分を過大評価しすぎ。そんなに優先順位高くありませんから！」

「さびしいなぁ。昔は散々おまえの世話をしてやったのに」

「それって朝も早くから、私の安眠を邪魔するストーカー行為のことですか？」

「朝練のお迎えだっての！」

「そりゃきー先輩にとっては、寝起きの美少女をエスコートできる最高の役得だったでしょうよ。けど、私は早起きが苦手なんです」

「胸を張って威張るな」

入部当初、彼女は朝練をサボることが多かった。

見かねた俺が近所に住んでいるということもあり、毎朝迎えに行くようになった。

「毎日ラインで起こされるたび、マジぶっ殺したい気分でした。しかもメッセージも、起きろ・行くぞ・早くしろの三パターンのローテーションとか芸がなさすぎ。語彙力のない小学生ですか？」

「おまえが支度するまで、いつも待ってやってただろ。その間に一体何回、幸波家のゴミ出しを手伝ったと思っている。あ、そういや紗夕のお母さんは元気？」

インターホンを押すと、にこやかな笑顔で出迎えてくれたのが紗夕のお母さんである。

外見の印象が若くて紗夕にそっくりだから、最初はてっきりお姉さんかと思ったほどだ。紗夕が下りてくるのを待つ間、ゴミ出しやら立ち話をしているうちに仲良くなった。

趣味はお菓子作り。よく手作りのクッキーなどをいただいたが、どれもほんとうに美味しかった。

「久しぶりの再会で、私のママの近況を聞きたがるとかキモイです。神経を疑います。あれですか、バブみとかママみを求めてる的な？　いつから年上好きになったんですか？」

「ただの世間話で雑談だって」

なにをそんなに怒ることがあるのだ。

「うちのママ、きー先輩のこと気に入ってたから朝のお迎えがなくなったのさびしがってましたよ」

「それはまぁ、ありがたいことで。うちの妹も紗夕に会いたがってたぞ」

「映ちゃんって今小学四年生ですよね。わぁー大きくなって美人になってるんだろうな」

「背が伸びても、中身は子どものままだから手を焼いてるよ」

「あれはきー先輩に甘えてるんですよ。私、一人っ子だからお兄ちゃんがいるって憧れなんですよね。あ、別にきー先輩にお兄ちゃんになってほしいという意味じゃないですから。念のため」

「誰も思ってねえし。妹なんて映ひとりで十分だ」

「あんなかわいい妹ちゃんなのに贅沢言ってる」

紗夕はアイスティーのストローを弄ぶ。

「また暇な時に、映の遊び相手にでもなってやってくれ」

「……いいんですか？」

紗夕は驚いた顔で、こちらを見てきた。

「当然だろ。近所なんだし、こうして同じ高校に通ってるんだ」

「じゃあ、近いうちにお邪魔させてもらいます」

「おう。映も喜ぶと思う」

「ふふ、きー先輩のシスコン」

そう言って、紗夕はハンバーガーを美味しそうに食べる。

なんだ。高級焼き肉じゃなくてもちゃんと喜んでいるじゃないか。

ハンバーガーは食べたがポテトは食べ切れないと、紗夕は残ったポテトを俺によこした。

「少食になったな。現役時代はペロリと平らげたのに」

「女子は体重に敏感なんです。きー先輩も野暮なこと言わないで」

俺は自分と紗夕のポテトをふたりで好きに食べれるようにトレイの上に広げた。

「それより、きー先輩。私の制服姿は似合ってます？　永聖の制服すごくオシャレなので絶対着たかったんですよ」

「制服目当てで入学したのか？　ミーハーだな」

永聖高等学校は数年前まで校舎の大幅な増改築を行っていた。

それに合わせて制服も一新。

国内外で人気のブランド〈イコモチ〉のデザインが採用され、当時から大きな話題となった。

一見するとシンプルでスタンダードなデザインのブレザーなのだが、これがすごい。細部にまでこだわり抜かれた上品なデザイン、機能性や耐久性にこだわった仕立て、そして生徒が着た時に完成する美しいシルエット。

美しすぎる制服として注目を集め、女子の受験志望者数が爆増した。

そこに拍車をかけたのが当時の学校パンフレットで、その新しくなったばかりの制服を着た生徒会長の女子がとんでもなく美人だったことも受験者数急増に貢献しているともっぱらの噂である。

そんな伝説が今も残っているのだから、余程の美少女なのだろう。

まぁヨルカに勝つほどではないだろうが。

「オシャレは大事です。三年間気分よくすごしたいじゃないですか。それからきー先輩。他に言うことあるでしょ」

紗夕の目が、褒めてと無言で訴えてくる。

「とってもよくお似合いで」

「……意外とすんなり褒めてくれましたね。なんか拍子抜けです」

かわいいのにかわいげのない後輩である。

「ご希望通りの制服が着れてよかったな。ところで、どんな裏口入学したんだ？」

気兼ねない距離感ゆえ俺は中学時代のノリに戻ってしまう。

「ぶぅ！　ちゃんと勉強して合格しましたよ！　正面から堂々の入学です！」

「テストの度に俺に泣きついてきた紗夕が自力で合格とか、いまだに信じられん。テスト前によくこうやって集まって勉強したもんだよな」

紗夕は基本的に短期集中型のため、万事じっくり腰を据えるのが得意ではない。

そのため俺が要点だけを教え、出題されそうな箇所を重点的に復習することでテストを乗り切った。毎度テスト前に慌てるのだが、それでも短時間できちんと結果を出すのが紗夕のすごいところだ。

「ぶぅ！　どれだけ私を見くびってるんですか！　ちゃんと永聖に入ったでしょ！」

紗夕はどうだすごいだろう、と誇らしげだ。

「……そういや中三の頃の紗夕は全然知らないんだな。俺も永聖に入学して、いきなりクラス委員やらされたりしてバタバタしてたし」

どうしたって環境が変われば、今まで通りにはいかない。

毎日顔を合わせていた人とパッタリ会わなくなり、新しい日々の忙しさに呑みこまれていくうちに、それがまた日常となっていく。

「きー先輩って部活引退した途端、連絡くれなくなりましたもんね。それが卒業してもずーっと、ずーっとそのままでしたし！」

やたら『ずーっと』を強調してくる後輩女子。

事務連絡とかはきっちりやるのだが、個人的な他愛ないやり取りはそこまでやる方ではない。

ラインを頻繁にするようになったのはヨルカと付き合うようになってからだ。

「え？　おまえ、俺に構ってほしかったの？」

「違うわい！　私、友達多いですから！　男子にもモテますから！　別に遊びに行く相手には困ってませんから！」

「はいはい、知ってるって。むしろ紗夕こそ段々とラインが減ったじゃないか」

「あれは私が息抜きにご飯誘っても『悪い。今は受験勉強に集中したいんだ』って真剣モードで断るからですよ。そりゃ遠慮もしますって。だから、ラインも我慢してたのに」

「用もないのにくだらないものばっかり送りすぎなんだよ」

夜遅くに動画のＵＲＬを送ってきて、起こされることもしばしばあった。

「つらい受験勉強の息抜きにとせっかく笑いや感動をシェアしてあげたのに」

「面白いと別の動画まで見はじめて、ついつい寝不足になっちまうんだよ！」

スマホあるあるだ。一度見はじめるとダラダラ見てしまう。

「それくらい自分で解決してください！」

視線がぶつかり合うが、俺はすぐに折れた。

「……やめよう。お互い無事に合格できたわけだし」

「そうですね。あんまり騒ぐと周りのお客さんに迷惑ですし」

俺も紗夕も一旦飲み物で喉を潤す。

「紗夕と話してると話題が尽きないな」

「ほんとです。きー先輩のせいで無駄話が止まりません」

「俺のせいかよ」

「そうですよ」

先輩である俺にもこうした気安い態度で接してくるように、幸波紗夕は物怖じしない。

顔がかわいいし明るい性格と相まって、周りからよく好かれる。バスケ部での活躍もあって、彼女を狙っている男子は多かった。

わざわざ部活の練習終わりまで待っていて、告白しようとする男子もいた。

そういう時、紗夕は勝手に俺を壁役として使ってきた。

帰り道が同じ俺の横にひっついていることで、そういう連中が話しかけるチャンスをつくらないようにしていた。

おかげで紗夕に恋する男子からはそれなりに妬まれたものだ。

チームメイトからは、幸波紗夕の専属マネージャーとからかわれたりもした。

片や女バスのレギュラー、俺は男バスの控えメンバー。

当時の先輩からは『男のくせに情けねえ』と露骨に見下されたりもした。

後で知ったのだが、その先輩も紗夕のことが気になっていたそうだ。だから親しくしているように見える俺が目障りだったに違いない。

その先輩が卒業する前に告白されたと、紗夕は愚痴っていた。

『なんで断ったんだ？』

『別にきー先輩には関係ないじゃないですか』

『ムキになるなって。あ、さては他に好きな人でもいるとか？』

『だったら、どうなんです？』

『マジで？　誰？　クラスメイト？　それともまさかバスケ部とか？　すげえ気になる！』

『……特別に、教えてあげましょうか？』

『いいのか？』

『私の好きな人は――』

「――もしもーし。きー先輩、聞いてます？　急にぼんやりして、どうしたんです？」

中学時代の紗夕が、急に今の紗夕に変わる。

紗夕が身を乗り出して、俺の目の前で手を振っていた。

「悪い。ぼーっとしてた」

「目の前にかわいい子がいるのに上の空になれるなんて、きー先輩って抜けてますよねぇ」

紗夕はケラケラと笑いながら着席する。

「……うん、けど確信した。やっぱり一緒にいると面白い」

笑っていた紗夕の顔つきが急に真剣になる。

「紗夕？」

「きー先輩、好きです。私と付き合ってください」

目の前に座る後輩女子は唐突に愛の告白をしてきた。

俺はわずかに残っていたコーラを一気に啜って、トレイに置く。

「──それ、何度目の嘘告白だと思ってる？」

俺は久しぶりにかまされた定番のやりとりに、げんなりする。

「バレましたか。JKにランクアップしたから、そろそろイケるかなーって」

「イケるか！　この小悪魔、いい加減にしないとマジで痛い目みるぞ」

「大丈夫ですって。きー先輩以外には乱用しませんってば」

「むしろ俺にこそ乱用しないでくれ」

俺はぐったりした声で懇願する。

「えー私ときー先輩の仲なんだから、今さら冗談を真に受けないでくださいよ」

まったく初心なんだからもう、と紗夕は俺を指差して笑う。

そう。幸波紗夕は『きー先輩、好きですよ』と平気で嘘告白してからかうような後輩である。

女の子って恐い。

中学時代、件の先輩からの告白を報告された直後に嘘告白をかまされて以来、度々こうして俺をからかうのだった。

なまじっかかわいい女の子だからドキっとさせられてしまう。

「ブランクがあったからかな、今のは心臓に悪かったぞ」

「いやー今の表情はナイスでしたよ」

「俺をからかって楽しいか？」

「はい。とっても。やっぱりきー先輩で遊ぶのは最高ですね」

ご満悦な表情の紗夕に、俺は苦々しく唇を歪めた。

「――紗夕。真面目なお願いだ。そういうのはもう止めてくれ。今の俺には付き合ってる彼女がいるんだ」

俺は恋人がいることを告げる。

紗夕は驚きや祝福の言葉もなく、ただただ可哀そうな人を見る目を向けてきた。

「…………いっくらモテないからって非実在彼女を自慢されても、イタイだけですよ。そんな見栄を張らないで。長い付き合いですし、私はやさしいので今の妄言は聞き流してあげます。よかったですね、きー先輩」

同情的な態度の紗夕は、ドンマイと俺の肩を叩く。

「事実だから！　リアルだから！　超実在してるから！」

悲報。後輩女子が俺に彼女ができたことを信じてくれない。

「いいですか、それはきー先輩の夢です。妄想の産物です。こじらせた思春期の幻影です。その恋人はフィクションです。実在の人物とは無関係です」

「俺を死ぬほどイタイ人扱いすんな。ガチで恋人がいるんだよ。名前は――」

「有坂ヨルカさん、でしたっけ。知ってますよ、超美人さんですよね」

紗夕は俺の言葉を遮り、当然のようにヨルカの名前を口にした。

「やっぱり、一年のおまえまで知ってるんだな」

「そりゃ有名人ですから。あんな美人、滅多にお目にかかれませんし。一年生の間でもすごい美人が二年生にいるって話題でしたもの」

紗夕はあまり興味がなさそうに話す。

「さすが、ヨルカ」

朝帰りの噂があったとはいえ、恋人宣言は今日したばかり。

それが新入生の紗夕にまで知れ渡っているのだから、ヨルカの知名度の高さを実感する。

「そんな高嶺の花が冴えないきー先輩と付き合うとか、マジ謎すぎるんですけど。一体どんな弱みを握ったんですか？」

紗夕の率直な感想に、俺は笑うしかない。

「うわ、ベタな質問。そんな卑劣なことするかよ」

「じゃあ絶対騙されてますよ。あんな美人さんがきー先輩なんかと付き合うわけないじゃないですか。裏切りの予感がします。陰謀説です。美人局かも！」

紗夕は勝手に断定する。

むしろヨルカに男心をくすぐる手練手管があるなら味わってみたいものだ。

俺の恋人の魅力はすべて天然物。計算ではなく素の反応だから超かわいいのである。

「いいか、真実の愛というのはだな」

「うわー出た。恋人できた途端、愛とか語り出すやつ。ないわー」

「喧嘩売ってる？」

「もちろん売ってるに決まってるじゃないですか」

笑顔で平然と言ってのける生意気な後輩。

「悪いな、先に恋人をつくってしまって」

俺は負けじとマウントをとってみる。

「いえ。私、理想が高いだけなので。付き合おうと思えば明日にでも彼氏できますし。永聖に入学してから、もう五人くらいに告白されてますよ。全員秒で振りましたけど。あーめんどくさかった。早く理想の彼氏欲しいなぁー」

つらつらと紗夕の入学一か月間の状況を理解する。

この子の容姿や性格なら当然だろう。見慣れていた俺でさえ高校生になった紗夕の女らしさには一瞬ドキッとさせられた。とはいえ――

「おまえ、ほんと相変わらずだな」

俺は久しぶりにあの頃を思い返す。

中学時代、紗夕はたびたび告白をされては『あのバスケ部の瀬名とかいう先輩と付き合ってるのか』と疑われて、俺にまで余計な火の粉が飛んできたのだ。

紗夕の嘘告白は『もうお互いめんどくさいから私と付き合ってることにすればいいんじゃないですか?』という、なんとも打算的な理由からはじまった。

別に色っぽい馴れ初めがあるわけではない。

紗夕も俺が動揺するのを面白がって、調子に乗って何度も嘘告白を繰り返した。

男女が近くにいるだけで恋に落ちる――そんな絶対的な方程式があれば、いっそ楽だったのだろう。

確かに俺達は一緒に行動することが多かった。

周りからあいつら仲いいよね、と言われれば否定はしない。

だけど、どれだけ距離感が近くとも俺と紗夕はただの先輩後輩でしかなかった。

「ねぇ、きー先輩。真面目な話、きつくありません？　身の丈に合わない恋人なんて。いつか無理がくると思いますけど」

「高校生の恋愛に身の丈もあるか。人生未熟な若者はいつも不安定なんだよ。そこにビビってたら身動きとれないだろ」

俺は、俺なりの実感をもって今を精一杯がんばってる。

「……ちょっと感動しちゃった自分がいてムカつきます」

紗夕は珍しく本気で悔しそうだった。

「少しは見直したか？」

「ぶぅ！　きー先輩なんてすぐ振られちゃえ！」

ほんとうに、俺の後輩はかわいくてかわいげがない。

駅前のファストフード店を出ても、家が近所なので帰り道は同じである。
部活帰りの生徒と時折すれ違う中、背の高い男子が俺に向かって迷わず近づいてきた。

「瀬名、さっそく浮気か。やるねえ色男。有坂ちゃんに言いつけてやろう」

「ぶっ殺すぞ、七村」

バスケ部の練習終わりでジャージ姿の七村竜がニヤリと笑う。

クラスメイトにして身長一九〇㎝を超えるバスケ部エースのビッグマン。

彼は話しながらも、俺の隣にいる紗夕を目敏くチェックしていた。目の奥がギラリと光る。

「……へぇ。ふたりが繋がってるとはね」

「なんだよ」と、七村の妙な反応に俺は身構える。

「こっちはひとりさびしく居残り練習してたのに、おまえときたら彼女以外のかわいい女の子とデートかよ。『恋人ができるとモテる』ってのは瀬名にも当てはまるんだな。空前のモテ期到来か？」

「そんなんじゃねえよ」

「水臭いな。男同士、隠すことはねえだろ」

事情は察しているとばかりに七村が俺の肩に手を置いて、わざわざ紗夕から背を向けた。

「七村。残念ながらおまえが期待してるような関係じゃない」

「じゃあ、どういう関係だよ。おまえがこんな時間に女子とふたりきりなんて、超珍しいのに。しかも相手が有坂ちゃんじゃなくて、一年の幸波紗夕なんて」

俺を押さえつける太い腕がずっしりと重い。

「なんで七村が紗夕の名前知ってるんだよ？」

「そりゃバスケ部の体験入部で来た時にばっちりチェック済みよ。俺がダンクを披露する前に帰ったから連絡先は聞きそびれたけど」

「後輩をよく見ている熱心な先輩だな」

俺は七村らしくて苦笑してしまう。

「ちょっと、きー先輩。かわいい女の子を放っておいて、内緒話とかひどくないですかぁ？」

紗夕が不満そうな声をあげる。

「瀬名。俺にもちゃんと紹介しろよ」と七村の腕から解放される。

「この子の名前は幸波紗夕。同じ中学出身で、バスケ部の後輩だった」

俺は手短に紗夕について話す。

「一年の幸波紗夕です。はじめまして」

紗夕は友好的な笑みを浮かべて、そつのない自己紹介。大柄な七村を前にしても緊張したり怯むこともなく第一印象のよい無駄のない挨拶だった。

「二年、バスケ部の七村だ。瀬名の親友。幸波ちゃんって近くで見るとマジでかわいいね！一年生でも断トツにかわいい女子って後輩達からも聞いてるよ」

「わー七村先輩ってお世辞がお上手なんですね。どこかのきー先輩とは大違いです」

「俺を引き合いに出すな。大抵の男子は七村には勝てん」

　そこは割と冷静にツッコむ。

　スポーツマンで顔も整っており、おまけに超肉食系男子である七村と比べられるだけ酷な話である。

「幸波ちゃんも経験者なら高校でもバスケやらないの？　せっかく体験入部に来てくれたのに」

「大変そうな練習見てて、ついていけないかなって」

「そんなことないって。今からでも大歓迎だよ。なんなら、俺が手取り足取り教えるし」

「いや、でも私、才能もないですし」

　紗夕は謙遜しつつ、七村の熱心な勧誘を断ろうとする。

「俺も続けるべきだと思う。紗夕はセンスあるから活躍できるよ」

　思わず口を出してしまう。

　ファストフード店で本人にヤル気はないと聞いていたが、紗夕の実力を知っている俺としてはどうしてももったいないと感じてしまう。

「ほら。先輩の瀬名のお墨付きもあることだし。幸波ちゃん、考え直さない？」

　七村も食い下がる。

「きー先輩、断ろうとしてるのに余計な口出ししないでくれます？」

　紗夕は七村の前だから笑顔こそ崩さないが、すんげえ怒っていた。

「すみません、七村先輩。高校では部活動をする気がないので」

「了解。女の子に無理強いはできないからな」

紗夕のきっぱりとした断りを受け、七村もあっさりと引いた。

「七村先輩は紳士ですね！　女心もわからないきー先輩とは大違いです」

「だから俺と比べるなって」と俺は眉をしかめる。

「ま、部活のことは置いといて。どう、幸波ちゃん。今度は野暮な瀬名じゃなくて俺とデートしようよ」

七村は入部を断られた直後であるにも拘わらず、ドストレートに紗夕を口説きにかかる。

この積極性と潔さ、男子としては見習うべきところなのだろう。

毎度、横目で見ていて素直に感心してしまう。

「えー色んな女の子にそう言ってるんじゃないんですか？」

「まさか。幸波ちゃんだけだよ」

「お誘いは光栄なんですけど、七村先輩ってモテますよね。浮気が心配なので遠慮します。それにスポーツマンの人ってそれほどタイプではないので」

「今逃がそうとしている魚は大きいよ、幸波ちゃん」

「でも、七村先輩はやさしいから違う形でまた誘ってくれますよね？」

あくまでふたりきりのデートを回避しようとする紗夕。

その真意を酌み取りながらも、まったく揺るがぬ七村。

楽しげな会話に聞こえるが、そこに潜む男女のガチな心理戦を垣間見た気がする。

「じゃあ、みんなでカラオケ行こうぜ？　瀬名も有坂ちゃん呼んでさ。これならどうよ？」

デートが無理なら、グループ交際に切り替える七村。そしてダシに使われる俺。

「いーですね！　カラオケ好きです！　それに噂の美人彼女さんにも会ってみたいです！」

途端、紗夕は迷わずＯＫを出す。なんでだよ。

「いいね、幸波ちゃん。ナイスぅ！　じゃあ幹事は瀬名、よろしく頼むな？」

「は？　俺がやるの？」

「有坂ちゃんの連絡先を知ってるのはおまえだけだろ。ライングループ作って、まとめて連絡してくれよ」

「そうだけどさ……」

俺の都合も聞かずに勝手に決まっていく。

「決行は、俺の練習がない金曜日だな。幸波ちゃん、今週とか空いてる？」

「大丈夫です！」

「よし、決まり！　じゃあ瀬名、あとは任せたぞ」

「きー先輩、幹事よろしくお願いします。ちゃんと彼女さんも連れてきてくださいね！」

ふたりは、当然引き受けるよね、という目で見てくる。

「わかった、やるよ。ヨルカも誘ってみる」

かくして嵐のような即決により、今週の金曜日にカラオケに行くことになった。

第三話　彼女が動く理由

カラオケの幹事を引き受けたものの、果たしてヨルカは来てくれるのか。

俺以外の人間がいる場に有坂ヨルカが進んで参加するとは思えない。

教室でさえ誰とも話さず、ひとりでいることを好む彼女。

それがカラオケのような賑やかな密室で、しかも初対面の紗夕もいるとなればハードルはさらに上がるだろう。

騒がしいのは嫌いっぽいから、カラオケなんて断られる確率の方が高そうだ。

一応誘ってはみるが無理強いするつもりはない。

不参加の時は幹事権限で七村と紗夕には納得してもらおう。

一方で、ヨルカの歌声には俺も興味があった。

ヨルカの歌う姿を見てみたい。

「とはいえ、今日はライン禁止って言われたからな。誘うのは明日学校に行ってからかな」

俺は帰宅してからも、律儀にメッセージを送ることを我慢していた。

それに下手に文字で誘うより本人に直接話した方が上手くいきそうな気がする。

俺は明日学校で誘うことに決めて、零時前にベッドに入った。

部屋の電気を消して、目を閉じる。

しばらくうとうとして、あと少しで完全に寝入りそうなタイミングでメッセージの受信音が鳴った。俺は枕元のスマホに手を伸ばす。

ヨルカ：明日の朝七時に美術準備室に集合！　返事不要！

シンプルな文面を見ただけで、俺は自然と笑っていた。

「今日はライン禁止って自分で言ったのに――あっ」

スマホに表示される時刻を見れば、ちょうど0：00になっていた。

「日付が変わった途端、ラインしてくるとか」

ヨルカも我慢していたことを察し、俺も嬉しくなる。

希墨：了解。おやすみ。

俺はあえて返事をする。もう次の日だから我慢することもない。既読マークがつく。

ヨルカ：おやすみ。

恋人とのこんな他愛もないやりとりが楽しくて仕方ない。

俺はすぐにアラームの設定時刻を直して、早起きに備えた。

火曜日。翌朝。

「あの、ヨルカさん。ハグってごほうびでは……」

「一日我慢したごほうび。なにか問題ある？」

そう一方的に言い放つヨルカは完全にリラックスした声だった。

「……朝からこんなにくっついていてもいいのかな」

昨日生徒指導室であれだけ怒っていたのに、一晩でヨルカはすっかり機嫌を直していた。

しかも今回のハグは、俺の膝の上に乗りながらだ。

腕を背中に回して、デレデレに絡みついてくる。

「昨日はお預けだったたから二日分よ。それとも希墨はわたしに抱きつかれるの嫌？」

「大好きです」

「よろしい」

結局スマホのアラームより先に目を覚ました俺。

集合時刻よりも早めに登校して美術準備室に直行すると、ヨルカもすでに到着していた。

先に待っていたヨルカは、ちょうどふたり分のコーヒーを淹れ終わったところだった。

コーヒーが飲みやすい温度になるのを待ちながら俺は椅子に座る。

するとヨルカはそれがさも当然であるかのように膝を揃えて横向きで腿の上に座ってきた。

そして抱きついてきたのである。

「どうもわたし、希墨とハグするのがすごく好きみたい」

ヨルカは甘えるような声を漏らす。

いや、かわいすぎかよ。超いい匂いがするし、やわらかくて正直辛抱たまらないです。

「俺も幸せすぎて成仏しちゃいそう」

「……希墨、緊張してるの？」

ヨルカは俺の鎖骨に頬を寄せながら、上目遣いに見つめてくる。

「そりゃするよ」

「なんで？　もう何回もハグしてるのに」

「何度だって特別だから」

「嬉しいこと言ってくれるね。わたしも同じ気持ち」

俺達にとって、ハグとはがんばった人へのごほうびだ。

ヨルカは俺の反応が面白いらしく、やたら楽しそうな顔をしている。相変わらず超美人だな。瞳は吸いこまれそうなくらい大きく、まつ毛が濃く長い。左の目元の小さなほくろはいつ見てもセクシーだ。高い鼻梁に、薄い唇はピンクに艶めく。その肌は雪のように白く光る。

「ヨルカこそ寝ぼけて抱きついた時はあんなに動揺してたくせに」

得意げなヨルカに、ふと先日我が家に泊まった時の出来事を思い出す。

「あれはだって、寝る前にこっそり外してノーブラだったから……」

「ブフォ！」

「ちょっと、変な声あげてどうしたの？」

今明らかになる衝撃の真実。

大雨で我が家に一泊した翌朝、寝ぼけていたヨルカは俺と同じ布団で寝ていた。

そして抱き枕のように俺に抱きついていたのだ。

あの時は俺もテンパりすぎてて、物凄く大きくてやわらかいなぁ、くらいしか感知する余裕がなかった。

「す、すまん。今思い出しても、魅惑の状況だったなって」

俺は思わずヨルカの制服の胸元をしげしげと眺めてしまう。服を着た状態でもはっきりとわかるボリューム感。そのくせウエストは細いから、ヨルカって超スタイルがいい。

そうか、あの時パジャマの下には生乳があったんだな。そうかぁ……。

「思い出すな！　あ、あれは寝ぼけてただけだから！　ただの事故だから！　ただの偶然なんだから、変な勘違いしないでよ！」

寝ぼけていた、という点をやたらと強調するヨルカ。

そんな必死にならなくても自分から俺に抱きついてきたなんて思ってな――

「――……えっ？　ヨルカ、も、もしかして」

「違うから！　違うからね！」

「あぁ、うん。そうか、うん」と否定するヨルカのあまりの剣幕に曖昧な反応しかできない。

俺の脳みそはあの朝の状況を必死に点検していた。

あれは、寝ぼけてたわけではないのか。途端、ふたり寄り添うように寝ていた意味合いが俺の中で大きく書き換わる。

「え、エッチなこと考えるな！」

「無理」

好きな女の子が自分にだけ無防備な姿を見せてくれるだけでも嬉しいのに、それが実は彼女がそうしたいからだったと知った日にはもう！

嬉しいけど、幸福すぎて死にやしないだろうか。

「い、今は服もブラもつけてるから！」

「それこそ当たり前だろう」

ヨルカもテンパっているようだが、俺の膝の上から下りようとはしない。

物理的にも精神的にも容赦なく加えられる幸せ刺激。朝から男の自制心を試すこの甘い拷問は終わらない。

「こんな密室で美女に密着され、健気にこらえてる俺を褒めて欲しいんですけど」

「……希墨ってよく、そんなスラスラ言葉が浮かぶわね」

「ただの正直な感想だけど、ダメか？」

「ううん。そのままでいい」

少し落ち着いたヨルカは、また顔を首筋に埋めてくる。

俺も黙ってヨルカを抱きしめる。

嬉しくもあり、恥ずかしくもある時間だった。

ただ触れ合っているだけで至福の心地。

恋するドキドキやエロい興奮ともまた違う。

好きな人に触れることを許された特別感と安心感。

気づけばコーヒーの湯気はとっくに消えていた。

壁の時計を見れば八時をすぎている。そろそろ教室へ向かわないと。

「ヨルカ、そろそろ」

「まだこうしてたい」

「俺も同じ気持ちだけど、もたもたしてると遅刻扱いになるぞ」

「希墨の真面目、クラス委員」

「そういう男を選んだんだろ？」

「そういう希墨は嫌じゃないけど……教室まで行くのがしんどいよ。はぁ〜〜」

ヨルカはしおれたような声を漏らす。

「なんで?」

「付き合ってること、みんなに知られてるわけでしょ。バレたらマズイって緊張がなくなって
——自分の好きを抑えられる自信がない」

俺の彼女は、シリアス顔でなにを惚気ているのだ。

恋人にデレている自分の姿をクラスメイトに見られるのが気になるらしい。

そんなのとっくに神崎先生にはバレていることは黙っておこう。

「じゃあ、そんなヨルカを眺めて俺はニヤニヤしようっと」

ヨルカを膝から下ろして、俺は立ち上がる。

「授業中にニヤつくとかキモイと思うけど」

「じゃあ俺がニヤつかないように、ヨルカもがんばれ」

「……わたしが抱きついたから、ネクタイ乱れちゃったね」

そう言って、ヨルカは俺のネクタイの形を整えていく。

「希墨こそ、もうニヤついてるよ。はい、できた」

ヨルカは得意げに俺の目を見る。

俺の彼女、かわいいなぁ!

すぐに意地を張って対抗意識を燃やすし、ちょっとでも上に立つと優越感が顔に出る。すごくわかりやすい。

付き合う前の、遠くから眺めるしかなかった高嶺の花の有坂ヨルカももちろん美しい。

だけど恋人になったことで見せてくれる素のヨルカがなによりも愛おしい。

「ヨルカ、好きだぞ」

「知ってる」

ヨルカも俺の愛情をしっかり感じ取ってくれている。

「朝からハグされて、ドキドキしたよ」と俺は正直な感想を漏らす。

「実はね、昨日帰りに宮内さんとお茶してきたの。教室で希墨にデレるの我慢できるかわからないって相談したら、『先にイチャついておけば』ってアドバイスもらってね。それで実践してみた」

「……俺的にはかえって名残惜しい気がするんだけど？」

ヨルカという温もりが離れて、俺はすでに相当さびしい。

「言わないで。わたしも同じ気持ちだから……」

ヨルカもまたもう一度ハグしたいのを必死にこらえているようだった。

「ちなみにさ、我慢できなくなったらどうなるの？」

「さぁ。ところかまわず突然抱きつくかもね」

ヨルカは冗談っぽく笑う。

「俺は構わないけど」

「希墨はわたしに甘いなぁ」

「恋人に甘くしなくて、誰に甘くするのさ」

「……そういうとこも好き」

ド直球の愛情表現に、俺は死にそうになる。

ヤバい。俺の彼女はかわいいぞぉ――――――――ッ！

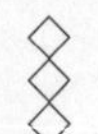

ようやく美術準備室を出て二年A組の教室へ向かう。

ふたり並んで廊下を歩いていると、多くの生徒が俺達を興味津々の目で見てくる。

それでも朝ハグの効果か、隣のヨルカは上機嫌なままだ。

よし、今がカラオケの件を切り出す絶好のタイミングだろう。

「あのさ、今週の金曜日に七村達とカラオケに行くんだけど、ヨルカも一緒に行かないか？」

「行かない」

ノータイムで断られる。悩む素振りさえない。

詳細を聞くことさえもしなかった。

「あ。ダメなんだ」

「むしろ、なんでわたしが行くと思ってる？」

ヨルカは当然とばかりに答える。

むしろヨルカのブレなさに安心する。ある意味では予想通りの反応。

「彼氏と楽しい時間をすごしてテンションが上がってるから、今なら案外ＯＫしてくれるかなって」

「カラオケみたいなああいうノリとか雰囲気が苦手なの知ってるでしょ？」

「いや、知ってるけどさ。もしかして歌うのが苦手とか？」

「音楽は好きよ」

「ヨルカってほんと苦手なものないよな」

なにをやらせても大抵人並み以上にこなせるのだから、大したものである。

「……そんなことないってば」

「今後の参考までに弱点をひとつ教えてもらってもいい？」

「………………」

顔を伏せるヨルカは答える代わりに、俺の方をそっと指差す。

背後を振り返っても、もちろんなにもない。

「……あー、あぁ。そりゃ、なんつーか、ありがとう」

俺まで恥ずかしくなってしまう。

「そういうことだから」

自分で打ち明けておいて、耳まで赤くなっているのだから、やはり朝ハグの効果は絶大らしい。

「ヨルカの不意打ちもズルいぞ」

「たまには、わたしだってね」

「なぁ、ヨルカ」

「なによ」

「もう一回ハグしちゃダメ？」

「――――ッ、ここは廊下だからダメ!!」

ヨルカの大声に、廊下にいた生徒達が一斉に振り向いた。

「ヨルヨル、スミスミ！　おはよー」

教室に入ると、俺達に気づいた宮内ひなかがトテトテとこちらにやってくる。

「おはよう、宮内さん」「みやちー、おはよう」

「ご両人は朝からラブラブですなぁ」

宮内ひなかはすごく小柄な女の子だ。

派手な金髪のショートヘアで耳にピアス。くりくりした大きな目のその童顔は小動物っぽい印象をあたえる。細身で肌は白い。紫色のパーカーをオーバーサイズに制服の上から着ており、よく余った長い袖をパタパタさせていた。

「ヨルヨル、さっそく試したんだぁ」と目を細めるみやちー。

「えっと、まぁ。そんな感じで」

ヨルカは俺を気にしつつ、昨日みやちーから受けたアドバイスを実行したことを認める。

「みやちー、昨日ヨルカと一緒だったんだってね？　ありがと」

「スミスミからお礼を言われることじゃないよ。あたしは友達と遊んだだけだからね」

「うん。わたしも楽しかった。ありがとう。宮内さん」

すると、みやちーはちょっと不満そうに言った。

「ねぇ、ヨルヨル。ずーっと言おうと思ってたことがあるんだ」

「え、なに？」

「さん付けなんて堅いよぉ。友達なんだから、気楽に下の名前で呼んで」

「でも。急には」

「遠慮なさらず。さぁ今すぐ、あたしの名前を親しみこめて呼ぶんだ！」

みやちーは袖をぶんぶん振り回して、ヨルカを煽る。

「えっと……じゃあ、ひなかちゃんって呼ぶね。ひなかちゃん」

「うん。それでよろしく、ヨルヨル」

みやちーが八重歯を見せて、嬉しそうに笑う。

ヨルカは同性の友人との親しいやりとりに慣れていない。なんだかむず痒そうにしながら、自分の席に着いた。

「ヨルヨルは初心だなぁ。あたしまでキュンキュンしちゃうよ」

「みやちーがいてくれて、ほんと助かるよ」

「あたしもヨルヨルが好きだからね」

人付き合いの苦手なヨルカが心を開ける相手が俺以外にもできて、ほんとうによかった。

「おーっす。おはよ！」

ヨルカと入れ替わるように、七村が会話に加わる。

「瀬名。有坂ちゃん、例の件どうだって？」

「ダメ。一切興味を示さない」

「それはまた、有坂ちゃんらしいというか……」

七村も最初からこの状況を予想してたようだ。

「どうする？　三人で行くか？」

「女子が少ないとかありえん！　もっと増やすぞ！　というわけで、宮内どうだ？　今週の金曜の放課後にカラオケ行こうぜ」

「カラオケ？　いいよ！　行く行く！　あたしの歌声を披露しちゃうぞ！」

七村がいきなり横にいたみやちーを誘うと、ノリノリでＯＫしてくれた。

「宮内、ナイス！」

イェーイ、と七村とみやちーがその場でハイタッチ。

身長差がありすぎるので、みやちーがその場で垂直跳びするような感じだった。

「さっき三人って言ってたよね？　あとひとりは？」

「瀬名の中学の後輩。これがかわいい子なんだよ」

「え、女の子なの？　それってマズくない？　ヨルヨルはなにも言ってこないの？」

みやちーがかすかに表情を曇らせる。

「宮内、細かいこと言うなって。どうせ瀬名は幹事だし、そもそも有坂ちゃん一筋なんだから問題ないって」

「さっきヨルカを誘ったけど、詳細を話す前に断られてさ」

俺は正直に打ち明ける。

「……あたしが事情を説明して、ヨルヨルをもう一回誘ってくるよ。ちょっと待ってて」

言うや否や、みやちーはヨルカの席へ向かう。

俺と七村はその様子を見守る。

「みやちーが行くなら、ヨルカも来てくれるだろ」

「どうだかな。有坂ちゃん、よっぽどのことがない限り来ないだろ」

七村はあっさり断言する。

「それって仮に俺が違う女子と遊びに行っても、ヨルカは気にしないって意味か？　俺だったらすげえ心配するんだけど」

「バカ、逆だよ。有坂ちゃんは、おまえが浮気するわけないって信じてるからだろ」

恋愛経験豊富な七村の言葉に俺は勇気づけられる。

ヨルカに話しかけていたみやちーがこちらを振り返り、頭の上で腕を交差させて×をつくる。

みやちーの誘いをもってしてもダメだったようだ。

どうにかしてヨルカにも来てほしい。

だけど、七村の言うところの『よっぽどのこと』は簡単には考えつかなかった。

ヨルカの気が変わるような誘い文句が思い浮かぶ前に、神崎先生が教室にやってくる。

いつものように朝のホームルームがはじまった。


その日、教室でヨルカの様子を観察していたが以前と変わりなくすごせていた。

美術準備室での朝ハグ効果はすさまじい。

とはいえ数学の授業中に指名された俺が黒板の前に立って数式を解いていると、やたらと背中に視線を感じた。

振り返るとヨルカが物凄く俺を見ていた。

「これが神崎先生の言ってたやつか。そりゃバレるわ」

ヨルカみたいに目立つ女の子だと、些細な動きも目を引いてしまう。

解答を書き終え、さり気なく遠回りをしてヨルカの席の横を通る。

顔も近づけて「俺のこと見すぎ」と小さく囁く。

ヨルカはびくりと耳元を押さえて、俺の方を責めるようににらんでくる。

注意しただけで、別に怒られるようなことはしてないのに。

着席すると、すぐにポケットのスマホが震える。

ヨルカ：だから、耳は弱いの！　ワザとなの？

無茶を言う。ふつうの声で話しかけたら、周りにも聞こえてしまうだろう。

続けざまに、またメッセージが着信される。

ヨルカ：あと計算間違ってる。

「先生、すみません！　計算間違いに気づいたので解き直していいですか！」

俺が慌てて声を上げると、クラスに笑いが起こった。

恋人の視線に気をとられて計算ミスしている俺も、ヨルカと大差なかった。

翌日。水曜日の朝。

昨日と違っていつもの時刻に家を出ると、家の前で幸波紗夕が待ち構えていた。

「おはようございます！　きー先輩、一緒に登校しましょう！」

「うぉ⁉　おは、よう。なんで紗夕がいるの？」

朝が苦手なはずの女の子は、ばっちり制服ファッションをキメて満面の笑みを浮かべていた。

「また学校一緒ですし、せっかくならきー先輩と話しながら行こうと思って」

「待ってたならインターホン押せばいいのに」

「朝はお忙しいからご迷惑かなって。まぁサプライズも兼ねて」

「紗夕は待ち伏せが好きだな」

この前も廊下で急に現れたから、かなり驚いた。

「ぶぅ！　サープーラーイーズーでーす！　微妙にニュアンス変えないでください！」

「一緒に登校するのは構わないけどさ。ちゃんと朝起きれるようになったんだな」

「きー先輩が引退した後は、ひとりで朝練参加してましたからね」

「成長したなぁ。えらいえらい」

俺はしみじみと唸ってしまう。

手のかかる子ほどかわいいとよく言うが約一年半、毎朝のように幸波家に紗夕を迎えにいった身としては感慨深くもなる。

紗夕は選手として優秀だったから、そのプレイを陰ながら支えたという自負もあった。

「今さら褒められても正直ビミョーです」

「おだてるとすぐに調子に乗るだろ、おまえ」

「ぶぅ！　やさしくない男の人は嫌われますよ」

「じゃあ嫌われてるみたいだから俺は先に行くぞー。遅刻するし」

「あ、待ってくださいよ！」

俺が歩き出すと、紗夕も横についてくる。

「きー先輩、昨日はずいぶん早起きだったんですね。迎えに来たら、もう家を出たって言われました。クラス委員の仕事とかですか？」

「昨日の朝も来たのか？」

「はい。すっぽかされましたが」

「そもそも約束してないだろ。来るなら前もって連絡くらいしろ」

「……え、ラインすればＯＫなんですか？」

紗夕は目を丸くする。

「連絡があれば事前に断れるだろうが」

「ひどっ！　断るんだ。きー先輩の鬼畜ッ」

そんな感じで紗夕と他愛もないおしゃべりをしているうちに、同じ制服の生徒達の流れに合流する。

「彼女さんはカラオケＯＫしてくれました？」

「断られた。興味ないって」

「幹事なんだからしっかりしてくださいよ。ていうか彼氏の誘い、ふつう断るかな……」

「ヨルカはそういう子なの」

「実は嫌われてるとか？　お気の毒様です」

「勝手に慰めるな。俺とヨルカは上手くやってる」

「へぇー、ほぉー、ふぅーん」

紗夕は俺の顔をしげしげと眺めてくる。

「……なんだよ」

「いや、強がりってわけでもなさそうだなって。ちょっと読みと違ってました」

「なんだよ、読みって」

「てっきり有坂先輩の弱みにつけこんで、なし崩し的に付き合って、恋人宣言で無理やり公然の事実にしたんじゃないかと。彼女さんの方はあくまでもお試し感覚で、きー先輩のこと本気じゃないのかなって」

「妄想力、豊かだなぁ」と俺は呆れるしかなかった。

「そりゃ校内一のサプライズ・カップルですから。みんな色々話してますよ」

「ご期待に沿えるようなゴシップはないよ。ふつうに好きになって、告白して、付き合うことになった」

言葉にしてしまえば、俺達の恋は割とシンプルだ。

「そんなふつうにやってたらあんな美人と付き合えませんって」

「そんなに俺達の馴れ初め、気になる?」

「……じゃあ、私に好きな人ができたって言ったら、きー先輩はどう思います?」

「お、今度こそマジだろうな? 誰よ?」

「ほら、きー先輩だって他人の恋愛に興味津々じゃないですか! ていうか食いつきすぎ!」

「いや、紗夕が気に入る男子ってまったく想像つかなくてさ」

紗夕は中学の時から男子に人気があった。

そういえば紗夕の好みのタイプって訊いたことなかった。

「自分でも、正直意外でした」

「え、マジでいるの?」

どうやら好きな相手がいるのは事実らしい。いつもと違って反応がしおらしすぎる。

果たして幸波紗夕の心を射止めたのはどんな相手なのだろう。

「あれぇーもしかして、かわいい後輩に好きな人がいてちょっと残念がってます？」

紗夕は含み笑いをしながら、俺の顔をニヤニヤと見てくる。

「まぁ、少しはな……」

「そ、そういう素直な反応されると逆に困るんですけど」

なぜか紗夕が戸惑っていた。

「とにかく応援してるよ。どこの誰か知らないけど、上手くいくといいな」

「大きなお世話です」

「なんでキレるんだよ」

さっぱりわからん。

いつの間にか校門近くの曲がり角まで来ていた。

角を曲がろうとしたところで、向かい側から来た女子生徒とぶつかりそうになる。

「きー先輩ッ」

先に気づいた紗夕が俺の腕を引っ張った。

「おっと」

「あ。ごめんなさい」

俺と女子生徒の目が合う。

「あ、おはよう。希墨くん」

支倉朝姫はニッコリと笑う。

彼女は俺のクラスメイトで、一緒にクラス委員をしている。

そして、つい先日俺は彼女から告白され、断った。

「おはよう、……朝姫さん」

俺はなんとかこれまで通りに、彼女を朝姫さんと下の名前で呼んだ。

学年の中心人物である朝姫さんは今日も華やかだ。

緩くパーマのかかった明るい茶髪が肩のあたりで揺れる。整った目鼻立ちをいっそう引き立てる薄いメイクに、センスのいい小物使い。さり気ないオシャレが光っている。

「通学路で会うなんて珍しいね。希墨くん、いつもこの時間だっけ？」

「今日はたまたま」

「そうなんだ。あれ、今朝は有坂さんじゃないんだ。その子もかわいいね」

朝姫さんはふと、俺の隣にいる紗夕の存在に気づいてチクリと棘のある言い方をする。

「えっと、彼女は」

「昨日は恋人と教室に入って来たと思えば、今日は別の女の子と腕を組んで登校なんて楽しそうね。瀬名くんってやっぱりモテるんじゃない？」

俺が説明するより先に朝姫さんが言葉を被せてくる。

笑顔のままなのが、ちょっと恐い。

わかる、わかるよ。恋人であるヨルカと登校しているならまだ納得がいく。だけど知らない女子と一緒じゃ、そりゃ白い目で見るよね。

俺はいまだに絡みついたままの紗夕の腕をほどいて、弁明する。

「朝姫さん。この子は中学の後輩なんだ。家が近所で今朝はたまたま一緒になったんだ」

「へぇ。希墨くんにこんなかわいい後輩がいるなんて知らなかった。もしかして、この子も内緒にしてたの？」

先日の恋人宣言を踏まえた問いかけに、俺は動揺を抑えて返事をする。

「いや、永聖にいるって知ったのは俺も最近で」

俺がそう答えると、朝姫さんが興味深そうに紗夕を見た。

「ねぇねぇ、きー先輩。なんで支倉先輩と親しげなんですか。下の名前で呼び合ってるし」と紗夕が俺の袖を引いて耳打ちしてくる。

「紗夕こそなんで朝姫さんを知ってるんだよ？」

俺が朝姫さんを見ると、首を横に振った。

「前に茶道部の体験入部に来てくれたのよね。確か名前は……幸波紗夕さん？」

人の顔と名前を覚えるのが得意な朝姫さんは、しっかり的中させる。

「すご、覚えているんですね。はい、一年の幸波です」

「この前とずいぶん印象が違うから、すぐに名前が出てこなくてごめんね。今は元気みたいだね」

「そ、そうなんですよ。この前は朝早くて」

「幸波さん。茶道部には入らないの？」

「お恥ずかしい話、正座が苦手で。それに顧問の先生が厳しそうだったので」

その茶道部の顧問とはもちろん我が担任の神崎紫鶴先生である。

「そうなんだ、残念。神崎先生とってもいい人だよ。ね、希墨くん？」

「なんで俺に振るの？」

「一番お世話になっているのは希墨くんでしょ。一年生の時からクラス委員に指名されるくらい信頼関係も厚いし」

「朝姫さんに言われるとまるで恩師との美談に聞こえるな」

恥ずかしいから適当にはぐらかすが、否定はしない。

「ねぇ。続きは歩きながら話さない？　立ち話だと遅刻しちゃうから」

朝姫さんに促されて、三人並んで歩き出す。

横を通っていく男子の俺に向ける視線が痛い。

そりゃ朝姫さんと紗夕を左右に引き連れていれば目を引くのも仕方がない。

「希墨くん。朝から両手に花だね」

「それをあっさり口に出せちゃうから朝姫さんすげえよ」

「だって私、モテるから」

照れることなく断言する朝姫さん。

嫌みに聞こえないのは支倉朝姫の人気が周知の事実であり、それは本人のサバサバとした明るい性格に拠るところが大きい。気配り上手の褒め上手な人気者。

「支倉先輩ってどんな人と付き合ってるんですか？」

紗夕の質問はいきなり彼氏がいること前提だった。

「彼氏なんていないよ。それに、この前振られたばかりだし」

内緒だよとばかりに声を潜めて、朝姫さんは紗夕に打ち明ける。

俺は密かに吹き出しそうになった。

「えぇ――!? 支倉先輩でもそんなことあるんですか？」

「そりゃあるよ。……そういえば告白したのも振られたのも、人生ではじめてだったな」

「こんな美人を振るなんて、相手は一体どんなイケメンですか」

「ふつうの人よ」

「相手の人には一生後悔してほしいですね。けど、支倉先輩の告白をＯＫしないなんて見る目がないか、よっぽどの事情でもあったのかもしれませんよ」

「慰めてくれてありがとう。幸波さんってやさしいのね」

「呼び方、紗夕でいいですよ！」

「じゃあ紗夕ちゃんで。私も名字じゃなくていいから」

「よろしくお願いします。アサ先輩！」

一瞬で打ち解ける朝姫さんと紗夕。

そのふたりの会話を横で聞いてて、胃が痛む。

「きー先輩もひどいと思いません？　アサ先輩のはじめての告白を振るとか、何様だよって」

「ハハハ。そーだねー」

乾いた笑いしか出てこない。

「ねぇ希墨くんは、私を慰めてくれないの？」

「え？　俺が⁉」

「うん」

朝姫さんは笑顔のまま求めてくる。

「いや、俺から言うべきことは……」

「なにもないの？」

「ぐっ………」

朝姫さんはどうしてこんなあっけらかんとしているのだろう。

よりにもよって自分の告白を断った相手である俺の前で、自分が振られた話をするなんて。

俺に対する当てつけか？

それとも彼女にとって告白は、俺が気にするほど大したことではないのか。

彼女のあまりにも平然とした態度の理由がわからない。

「——、希墨くんはからかいがいがあるな」

朝姫さんは意味深に微笑んだ。

「冴えないですね、きー先輩。いざという時に気の利いた言葉のひとつでも言えないと女心は簡単に離れちゃいますよ」

「そーだーそーだー」

紗夕の苦言に、朝姫さんがかわいらしく同調する。

「そうだ！　せっかくだからアサ先輩もカラオケ行きませんか？　今週の金曜日にきー先輩や七村先輩と行くんですよ」

「紗夕、なに言ってるんだよ」

「アサ先輩に気晴らししてもらいたいんですよ。七村先輩とだってクラスメイトだから問題ないですよね？」

「紗夕、いきなり遠慮なさすぎるって」

「アサ先輩ともっとお話しして仲良くなりたいんですよ」

紗夕はすっかり朝姫さんのことを好きになったようだ。

「いいよ。金曜日なら空いてるし。私も行く」

朝姫さんは迷いなくＯＫした。

「え？　断らないの？」

「なんで？　私が一緒だと都合の悪いことでもあるの？」

「いや、朝姫さんが気にならないなら構わないけど……」

思わず歯切れの悪い反応になってしまう。

「じゃあ問題ないわ。あーカラオケ行くの久しぶりだから楽しみ！　紗夕ちゃん、誘ってくれてありがと！」

「私もアサ先輩と遊びに行けて嬉しいです！」

すっかり意気投合した女子ふたりは、俺を放っておいて連絡先の交換をはじめていた。

えらいことになったぞ。

幹事を置き去りにして、勝手に人数が増えていく。

そうこうしてるうちに学校へ到着。

校門を抜けて、一年生である紗夕とは昇降口のところで別れた。

「希墨くんにあんなかわいい後輩がいるなんて知らなかった。ずいぶん仲がいいんだね」

「紗夕があういう性格だからだよ。朝姫さんにだってすぐに懐いただろ」

「ま、そういうことにしておくよ」

上履きに履き替えたタイミングで、朝姫さんはあらためて確認してくる。

「ねぇ希墨くん。カラオケって誰が来るの？」

「俺、七村、紗夕。あとみやちー。そこに、朝姫さん」

「ひなかちゃん来るのに、有坂さんは来ないんだ」

「誘ったけど断られた」

「ふーん。もう一回誘ってみれば？　このメンバーなら行くって言うと思うよ」

「まさか。ヨルカがそう簡単に考えを変えるとは」

「そんなことは──あ」

朝姫さんはなにか思いついたように口元に三日月の笑みを浮かべる。その視線は俺の背後を見ていた。

「誘ってくれてありがとう！　金曜日のカラオケ、楽しみにしてるから！」

朝姫さんは急に周りに聞こえるような大きな声を出すと、先に階段の方へ行ってしまった。

「今のなんだったんだ？」

「きーすーみぃー」

振り返れば、有坂ヨルカがそこにいた。

ちょうど登校してきたタイミングだった。

「文倉朝姫もカラオケに誘ったの？」

「俺の後輩が誘ったの！　俺じゃない！」

「でも、あの子も行くんでしょ？」

「ま、まぁ流れでそういうことに……」

じーっと物言いたげに俺を睨むヨルカ。

嫉妬を爆発させるように、彼女は文句の代わりにこう言った。

「わたしも行く！」

朝姫さんの参加が『よっぽどのこと』だったらしい。

ヨルカ、参加決定。

第四話　恋の闇鍋

カラオケは予定通り、金曜日の放課後に開催された。

駅前にある大手カラオケチェーン店の一階受付に集まったのは、以下のメンバー。

俺、七村、紗夕、みやちー、朝姫さん、そしてヨルカの総勢六名。

受付の順番を待つかたわら、俺は初顔合わせのふたりを緊張しながら見守る。

「はじめまして。きー先輩の後輩の幸波紗夕です」

「有坂ヨルカです。こんにちは」

ヨルカは澄ました表情で静かに話す。

うーん、声が硬い。でもまぁふつうに挨拶を交わしているだけでも大した進歩だ。

去年までのヨルカなら緊張して無言のままだろう。他人から見れば不機嫌そうにしか見えず、ただ近寄りがたい美人という印象を持たれて距離を置かれてしまった。

あるいはヨルカの美しさに見惚れて相手が変に恐縮してしまう。

ところが、紗夕は尻ごみしない。

「知ってます。きー先輩の彼女さんですよね。こんな美人とお付き合いしてるなんてビックリですよ。近くで見ると、ほんと綺麗なお顔。女の私も見惚れちゃいます」

「――ねぇ、どこかで会ったことある？」

対するヨルカはいきなり紗夕に訊ねる。

「いえ、こうして話すのははじめてですよ」

「……そう。わたしの勘違い、か」

ヨルカは腑に落ちない様子だが、それ以上の追及はしなかった。

「それより、あまりじっと見ないで。見られるの、苦手なの」

「えー恥ずかしがり屋さんなんですね。かわいい。あ、ヨル先輩って呼んでいいですか？」

ヨルカは物理的にも精神的にも距離をつめてくる紗夕にどう接していいかわからない様子だ。

「ねぇ、希墨助けて。この子、グイグイ来る」

「そうだな。紗夕、そのへんにしとけ」

「きー先輩はいつもヨル先輩とイチャついてるんですから、たまには譲ってくださいってば」

「い、イチャついてないから！」

ヨルカはすかさず否定する。

「即答ですねぇ。きー先輩がデレデレかと思えば、案外逆なのか。へぇ」

あっさり紗夕に見透かされて、ヨルカはさらに無防備になった。

「からかわないで。そういうの嫌いだから」

「あ。すみません、調子乗りましたね。許してください、ヨル先輩。代わりに中学時代のきー先輩のこと、たくさん教えるので」

「許すわ」

早いよ、ヨルカ！

「さぁ具体的に、知っていることすべてを話して」

「紗夕ちゃん。お願い」

「じゃあ私のことを紗夕ちゃんって呼んでくれたらいいですよ」

ヨルカはあっさりその要求も受け入れる。

なんでそんなに前のめりなの？

「六名でお待ちの瀬名様。受付カウンターまでお越しください」

俺が釘を刺そうとする前に、呼び出されてしまう。

受付で手続きを済ませる。

「部屋取れたから、エレベーターで上がろう」

俺が声をかけると、みんなは受付ロビーの一角に集まっていた。

「紗夕ちゃん。このたくさんの衣装ってなに？」

「コスプレ衣装を無料レンタルしてるんですよ。そうだ、みんなで借りません？」

「えー恥ずかしいよ」

「ヨル先輩も着替えて一緒に写真撮りましょう。絶対楽しいですって」

俺が目を離した隙に、ヨルカと紗夕はなんか打ち解けていた。

「コスプレ、面白そう！」とみやちーも同意する。

「私も借りよ。ねぇ希墨くん、なんかリクエストあったりする？」

朝姫さんはヨルカの目の前で、わざわざ俺に訊いてくる。

「えー支倉ちゃん、俺には訊いてくれないの？」

「七村くんは遠慮なくエロい衣装を選びそうだもん」

「当然っしょ」と怯まない七村。

ヨルカは俺の側に来て「希墨はどれがいいの？」と確認してくる。

「俺が決めていいの？」

「あんまりエロいのは駄目だからね」

「ガチなのはふたりきりの時にお願いするから」

「バカ」とヨルカは俺の腕を軽く叩いた。

俺が希望を言うと「これなら大丈夫か」とヨルカは俺のリクエストした衣装を選んでくれた。

うん、今日は来てよかったかも。

各自衣装を携え、俺達はエレベーターで上の階に上がる。

部屋に着くなり女性陣は衣装に着替えるということで、俺と七村は廊下で待機。

「いやぁー面白いことになってきたな。瀬名」

「それはおまえだけだよ」

「こんだけレベル高い女子ばかり集めて闇鍋になるとか、とんだモテ男がいたものだぜ」

「やかましいわ」

「素直に楽しめない瀬名はご愁傷様」

七村の笑いは止まらない。

恋人、俺が告白を断った女子ふたり、そして、そんな事情をまるで知らない中学の後輩。

本来揃ってはいけないような人物達が一堂に集結していた。

「あの有坂ちゃんも支倉ちゃんが来るって知った途端に参加なんて、かわいい嫉妬心じゃないの。まぁ支倉ちゃん相手なら警戒するのも無理ないし」

「正直すげー落ち着かない」

「なんかあれば宮内がフォローするだろうし、幸波ちゃんとも上手くやってるから大丈夫だろ」

「そこはまぁ、俺も正直意外だった」

「とにかく、だ！　まずはこれからのことに期待しようぜ」

楽しもうぜと七村が俺の背中を軽く叩く。

そして、ついにその時が来た。

「はーい。先輩方、着替え終わったので中にどうぞ！　素敵な天国が待ってますよ」

部屋に入ると、待っていたのはテンション爆上がりな光景だった。

「瀬名。これは、ヤバいな」

「あぁ、ちょっと想像以上だぞ」

目の前に広がる桃源郷に圧倒される。息を呑んだ俺達は、言葉少なに幸せを噛みしめた。ありがとう、オタク文化。コスプレ万歳。

「じゃーん。どうですか、みなさん似合ってますよね！　私が紹介するので、おふたりはナイスなコメントをお願いします」

紗夕は嬉々として、まずは自分の格好から説明する。

「トップバッターの私は、ミニスカポリスでーす」

キャップ型の制帽、水色のシャツにネクタイ、女性警察官にあるまじきミニスカート。付属品にオモチャの拳銃と手錠まである。

「逮捕しちゃうぞ。バキューン☆」

紗夕は拳銃をホルスターから抜いて発砲の仕草。

「予告なしに発砲とか、凶悪な警察だなぁ」

「ウッ。こんな子になら逮捕されてもいい」

七村は胸元を押さえて、膝から崩れる芝居を演じる。律儀な男だ。

「きー先輩、ノリ悪い。七村先輩はナイスリアクションです！　じゃあ次、宮内先輩！」

「はーい。あたしは猫耳メイド」

みやちーがその場で一回転すると、長いスカートの裾がふわりと広がる。金髪にピアスという攻めたファッションセンスのみやちーが、フリルで縁取られたメイド服を身に着けるというギャップ。しかも猫耳と猫尻尾までついている。新たなるマリアージュ！

「ご主人様、ご奉仕するニャン」

みやちーはすっかり役になりきっていた。

「ばっちり猫っぽいポーズまで。みやちー似合ってる」

「うはぁ、ご奉仕されたーい」

鼻息を荒くする七村。

「ななむーテンション上げすぎ」と素に戻ったみやちーがお腹を抱えて笑う。

「続きまして、アサ先輩！　どうぞ」

「見ての通りナース服です」

朝姫さんが着ているのはピンク色のナース服。なぜか絶妙なピチピチサイズで、身体のラインが強調されている。頭にはナースキャップ。聴診器を首から下げ、手には注射器。羽織っている自前のカーディガンがかえって本物っぽさを演出している。

「お注射我慢できてえらいね」

注射器片手に決めポーズな朝姫さん。

「白衣の天使」

「むしろ俺に注射させ――」

言い切る前に、俺が七村の腹にパンチする。

「七村。それはさすがにやめろ」

相変わらずの硬い腹筋に、殴った俺の拳の方が痛い。

「うほん。最後はヨル先輩、お願いしますッ！」

「キャビンアテンダントの衣装を選び……リクエストされたので」

小さめの帽子、大ぶりで涼やかなスカーフ、金ボタンに刺繍が入ったボーダーの濃紺のジャケットにタイトスカート。いわゆるスッチーでヨルカの大人っぽい雰囲気とよくマッチしている。

他の子と同様、紗夕に台詞を仕込まれたのだろう。

モジモジしながらも俺の目を見ながら意を決したように一度口元を引き結び、口を開いた。

「あ、アテンション・プリーズ」

「ファーストクラスでお願いします！」

俺は秒速で予約した――もとい、真剣な顔で感想を述べる。

「きー先輩、早すぎ！」「スミスミ、超前のめり」「希墨くん、ちょっと引くかも」

女性陣がすかさずツッコんできた。

「ハハハ、瀬名も似たようなもんじゃねえか」

七村も爆笑する。

「ねぇ希墨、あんまりジロジロ見ないでよ。変じゃないよね？」

「めちゃくちゃ似合ってる。もうヤバいくらいに」

みんなの言葉など耳に届かず、俺は目の前のヨルカに見入ってしまう。

「はい、じゃあここから撮影タイム！　あ、男性陣は自前のスマホでの撮影は禁止です。女性限定ですから。ＳＮＳに集合写真をアップするのも今日はダメです」

「そんな殺生な！　幸波ちゃん、あとで俺にも送って」と七村は懇願する。

「ヨル先輩からＮＧが出てるんです！」

紗夕は容赦なく却下する。

「男性陣は気合いで目に焼きつけてください。この場にいられるだけで幸せじゃないですか」

「いいさ、こっそり撮るから」

「そしたら私達は、即帰りますから。支払いは全額七村先輩持ちで」

諦めの悪い肉食系の先輩に一歩も引かない紗夕。

他の女子三人の非難するような視線に負け、七村も大人しく引き下がる。

どうでもいいがこのカラオケ店、衣装といい小物といい、充実しすぎではないだろうか。

撮影タイムが終わり、みんなははしゃぎすぎて喉がカラカラだ。

「歌う前からテンション上がりすぎちゃいましたね。ドリンクおかわりする人！」

紗夕の言葉に全員分の新しいドリンクを俺が注文する。

コの字状に配置されたソファーに奥から七村、みやちー、朝姫さん、紗夕、ヨルカ、最後に俺の順番で座った。

一発目の曲は決めていたとばかりに、七村が素早く端末に打ちこむ。

「カラオケに来たんだ！　ここからは歌いまくるぞ！」

先陣を切る七村がマイク片手に立ち上がって叫ぶ。

曲が流れ出すと同時に部屋の明かりが暗くなり、天井のミラーボールが回りはじめた。光の破片が部屋中に散りばめられ、極彩色の光線が絶え間なく交錯する。

七村は得意のラップを披露、ノリのいい曲で一気に場を盛り上げる。

よくもあれだけ口が回ると感心するほど見事に韻を踏み、言葉を畳みかけて歌う様はカッコよかった。

これだけ芸達者だと女子がなびくのも、ちょっと納得だ。

「幸波ちゃん。次よろしく！」

二番手の紗夕は流行のアイドルソングを、しかも振りつきで歌った。

明るく可愛らしい曲調は聞いているだけで楽しくなる。

非日常的なコスプレのおかげでアイドルの現場感も半端ない。その完璧にトレースしたダンスに合わせて、七村と俺は思わずサイリウムを振る代わりにタンバリンとマラカスを鳴らす。

「オタ芸くらいしてくださいよー！」

紗夕の無茶ぶりに、みんなで笑う。

七村と紗夕の見事な歌唱で一気にヒートアップ。

三番手に名乗りを上げたのはみやちー。

選んだ曲はまさかの洋楽。日本のＣＭにも使われているテンポのいい陽気なポップナンバー。みんなメロディーは知っているけど歌詞まではよくわかっていない。それを英語で完璧に歌い切る。

そういえば、みやちーは英語の成績が抜群によかった。

「英語すごい上手ーい」と紗夕は感動している。

次の曲がまだ入力されてないため、みやちーが連続で歌う。

今度は一転してアニソン、しかも俺達が生まれる前の曲。『ラムのラブソング』を猫耳メイド姿のみやちーがかわいらしく歌い上げる。その破壊力たるや半端ない。

「はい、お次は誰⁉」

みやちーが勇ましくマイクをバトンのごとく差し出す。

受け取ったのは朝姫さん。歌うのは椎名林檎の『本能』。

ナース服姿でガラスを砕くPVが有名なカッコイイ曲だ。キャッチーなメロディーと独自の世界観を描く歌詞を、力強く官能的に歌い上げる。苛立ちと倦怠感を乗せて歌う朝姫さんの声に聞き惚れてしまう。

「歌うと気持ちいいね」と朝姫さんは、さっぱりした顔をしていた。

そして俺の番が回ってくる。

ここまでみんな上手だったから、ちょっとプレッシャーだ。

印象的な前奏が流れ出す。

俺が選んだ曲は、少女漫画が原作のドラマ『逃げるは恥だが役に立つ』の主題歌であった星野源『恋』。エンディングで出演キャストが踊る通称・恋ダンスと合わせて社会現象にもなった。

「これ、紗夕も好きです。ドラマ毎回リアルタイムで見てました！」

「あたしも毎回欠かさず録画してたよぉ」

「私いつもラストの引きが気になって、翌週が待ちきれなかった」

「わたしも、これはお姉ちゃんと一緒に見てた」

ヨルカも知っている曲を選べてよかった。我ながらナイス選曲。

サビのところでは、みんなが音楽に合わせて恋ダンスの振りつけを座りながら踊っていた。

「ありがとーー！」と歌い切ったハイテンションで俺は叫ぶ。

わーっと拍手の後、満を持してヨルカである。

美しい旋律ではじまるのは竹内まりやの代表曲『プラスティック・ラブ』だ。

近年はシティポップというジャンルが海外で再評価され、人気を博しており、この曲をカバーした動画がとんでもない再生数を記録しているそうだ。

大人っぽいメロディーの名曲を、ヨルカは超絶美声で歌いこなす。

「「「「激うま」」」」とオーディエンスの俺達五人は同じ感想を抱く。

静かに聞き入っていると、曲で歌われる眩い都会の夜景が目に浮かんでくるようだった。

俺の彼女はなんでも人並み以上にできてしまうな、と感心するしかない。

すべてが平均以上、苦手なことなど無きに等しい完璧超人。

人前で緊張するのが数少ない弱点だが、基本的になにをやらせても上手だ。

二番のサビにさしかかろうとした次の瞬間、

「お代わりのドリンクをお持ちしましたー」とガチャリと店員が入ってくる。

途端、ヨルカは歌うのをピタリと止めてしまった。

曲だけが流れるあの微妙な間ができる。

「歌えばいいじゃん。店員さんは慣れているし気にしないぜ」と俺は耳打ちする。

「知らない人には聞かれたくない」

「この面々はいいんだ？」

「ギリギリ」

「次は俺抜きでみんなと行ってみれば？」

「無理。希墨は前提。必須条件」

「そ、そうか」

ド直球で言われると、俺も照れる。

店員はテキパキと新しいドリンクを置き、空になったグラスを回収して早々に出ていった。

無駄のないベテランの仕事である。

扉が閉じると、ヨルカは再び歌い出す。

うーん、やっぱり上手い。

聞いていた俺達は余韻に浸ってしまい、曲が終わってもすぐには動けなかった。

「お粗末様でした」

ヨルカがマイクをテーブルにそっと置く。

「有坂ちゃん、ヤバいね！　歌手目指せば？　俺めちゃくちゃ応援するよ！」

「ヨル先輩、今すぐオーディションに応募を！　いや、もう一回歌ってください！　動画撮影してSNSにアップします！」

七村と紗夕はテーブルから身を乗り出すほど興奮している。

「目立つの嫌いだからやめて」

ヨルカはきっぱり断る。

みんなでカラオケに来たところで、ヨルカはやっぱりヨルカのままだ。

そのままカラオケは二巡目に突入。

各々バラエティーに富んだ選曲で歌声を披露していく。

「ヨルカは、なんでそんなに歌が上手なんだ？」

歌の合間に、ヨルカに質問してみた。

「お母さんが音楽好きで、昔から家でいろんなジャンルの曲がよく流れてたのよ。小さい頃はピアノも習っていたし」

「音楽が日常的に溢れてたんだな。でも、歌うのは？」

「それはお姉ちゃんが上手で、真似してよく歌ってたの。そうやって一緒に歌っているうちに自然と上達したって感じかな」

「へぇ。今とはちょっと違う印象だな」

ヨルカが誰かの真似をするなんて今では考えられないことだ。

「子どもの時の話だから」

ヨルカはちょっと嫌そうに答える。

「ま、わかるよ。俺も妹と風呂入ると必ず歌ったもん。浴室って声が響くし」

俺は思わず兄目線で小さい時の思い出を語ってしまった。

肉体的にはすっかり成長した妹の映にも幼児の時期は当然あった。

俺が小学生の時は一緒に風呂に入ったりもした。

湯舟に浸かりながら「きすみくんも一緒にお歌を歌って」とよくねだられたものだ。

「え？　希墨まさか今でも映ちゃんとお風呂入っているの？」

ヨルカは疑惑の眼差しを向けてくる。

「入るか！　ありえんわ！」

「そうよね。映ちゃん、希墨のこと大好きだからつい。この前お邪魔した時もお風呂上がりなのに全然動じなかったから」

「あれは映が無防備なだけだから。むしろ慎みや羞恥心を覚えろって言ってるんだけどさ」

俺はため息交じりに愚痴る。

夏場なんかはいまだにバスタオル一枚巻いただけでうろつくから勘弁してほしい。

「いいじゃない。そのうちお兄ちゃんを嫌いになるかもよ？　そうしたら今みたいに懐いてた頃を振り返ってさびしくなるんじゃない」

「むしろ、兄離れしてくれて清々するよ」

「強がっちゃって」

「ほんとさ」

「けど映ちゃんに助けてって言われたら、いくらでも力貸すでしょ」

「……ヨルカ、そんなに俺達兄妹のこと見抜いて楽しいか？」

「じゃあ当たりなんだ。よかった」

ヨルカは自分の読みが正解だったことに満足げだ。

「たったひとりの妹だからな。それにヨルカのお姉さんだって一緒だろ。この前は神崎先生に協力してくれたじゃないか」

大雨で俺の家に泊まった翌朝、たまたま駅まで俺がヨルカを見送りした場面を誰かに見られていた。それが学校中の噂となった時、神崎先生の計らいでかつての教え子であったヨルカのお姉さんが口裏を合わせてくれて、大事にならずに済んだ。

「希墨が恋人宣言したせいで危うく台無しになりかけたけどね」

「お姉さん、怒った？」

「むしろ大笑いしてた。面白い彼氏だねって」

恋人のご家族の心証が悪くなっていないようで、俺はほっと胸を撫でおろす。

「お手間をかけましたってお礼と謝罪をしておいて」

「嫌よ。するなら自分の口で言って」

「え？　会わせてくれるの？」

「……、違う⁉　そういう意味じゃない。まだ早いから！」

ヨルカはあたふたしながら拒絶する。

「お姉ちゃんが無理やり訊き出すから、最低限伝えてるだけ。恋人ができたのは知ってるけど、まだ希墨の名前だって教えてないもの」

「有坂家では俺の存在ってそんなにアンタッチャブルなの？」

心配になって、思わずマジなトーンで確認してしまう。

「単純にわたしが気恥ずかしくて、必死に隠してるだけ。お姉ちゃんはわたしと違って友達や知り合いが多いから、あっという間に希墨のこと調べられちゃいそうで」

「ずいぶん過保護なお姉さんみたいだな」

俺はできるだけ好意的に捉えてみる。

「うーん、単純にお姉ちゃんはわたしで遊ぶのが好きなのよ」

「それ含めて妹への愛情表現なんだよ」

「妹的にはさすがに迷惑なんですけど」

ヨルカは複雑な表情をしていた。

「まぁ大目に見てほしいかな」

「それは、お兄ちゃん側としての本音？」

「ノーコメント」

「希墨と映ちゃんが仲良しなのはバレバレだから」

「そっちだって。俺から見ても、ヨルカとお姉さんはいい姉妹な気がするぞ」

ヨルカの言葉の端々から想像するに、妹が好きすぎて猫かわいがりしているタイプだろう。

「……ま、そのうち顔を合わせることになるのかな。媚売って、お姉ちゃんの味方にならないでよ」

「その時は全力でヨルカを褒めちぎるから安心してくれ」

「そういうのお姉ちゃんが一番喜ぶからやめて」

「いいだろ。俺の目から見た有坂ヨルカの魅力を余すことなく伝えたいんだよ」

「それなら今度瀬名家行った時に、まったく同じことをわたしもするよ」

ヨルカは悶えながらも脅してくる。

「……すげえきついな」

映は喜んで話に乗ってくるだろう。そこに親まで同席された日には平静さを保てる自信がない。

恋人の口から家族に自分の違う一面をバラされるのは、なかなかに気恥ずかしいものだ。

「でしょ」

褒めちぎられるのに慣れていない人間からすれば、かなりムズムズする状況である。

「おいおい。さっきからふたりだけの世界に入ってるんじゃねえぞ」

七村の茶化す声で、我に返る。

いつの間にか曲が終わっていた。

他の四人がじーっと俺達を見ていたらしい。

鼻の穴を膨らませてニヤつく七村。微笑ましく見守るみやちー。呆れかえっている朝姫さん。

そして、恋に浮かれる先輩の俺に冷ややかな視線を送る紗夕。

「きー先輩。妄想は自由ですけど、もうご両親に挨拶とか気が早すぎ。女子的には重いですってば」

「いいだろ。俺達だけの話なんだから」

「高校生の恋愛で結婚まで考えちゃうなんてロマンチストですね」

「ロマンなもんか。いつかはお互いの家族と顔を合わすだろ」

「はぁ。熱愛なのは結構ですけど、最初から強火だとすぐに燃え尽きちゃいますよ」

「むしろ燃え続けるね」

「そりゃ、ヨル先輩は美人さんですから、きー先輩が浮かれちゃう気持ちもわかりますよ。だけど、あんまり期待しすぎると足元掬われますからね」

紗夕はたしなめるように助言してくる。

「幸波さんは、ドライな考え方をしてるんだね」

みやちーは興味深そうに聞いていた。

「まぁ、別れる時は別れるだろ。喧嘩別れにならなくても、どうしたって新鮮さは無くなるし、慣れて、飽きることもある。そこで別れるかは当人同士の問題だろ」

七村はさっぱりと割り切っていた。

「恋愛に夢がないね、七村くんは」

「恋愛は現実だろ。恋に恋する子だって、生身の相手と接するうちに嫌でも目が覚める。むしろ覚めないとヤバイ。なんでもかんでも思い通りにはいかないし、自分だって相手の理想通りにはなれない。……文倉ちゃんもてっきりこっち側だと思ってたけど」

朝姫さんの言葉に、七村は意外そうな反応だった。

「私が簡単に人を好きになれないタイプだからかな。誰かを好きだって気づく瞬間は、やっぱり特別な気がする。他人から見ればきっと何気ないことなんだろうけど、私にとっては決定的なことだったりするし」

朝姫さんは雑然としたテーブルにわずかに視線を落としながら、自身の恋愛観をこぼす。

俺達はそれを黙って聞いていた。

その雰囲気に気づいた朝姫さんは空気を読むように慌てて「まぁ恋多き人には夢見がちにも感じられるのかもしれないけどね！」と誤魔化す。

「それ、ちょっとわかる」

最初に同意したのはヨルカだった。

ヨルカと朝姫さんの目が、今日はじめて合ったと思う。

俺も七村もみやちーも静かに驚いた。

なにより朝姫さんが一番びっくりしていた。

「ありがとう、有坂さん」

「もう少し聞きたい」

ヨルカのリクエストに、朝姫さんは言葉を続ける。

「恋愛って相手と付き合ってるの状態だけじゃなくて、その前の緩やかな過程も含まれてると思うの。極論を言えば、恋はひとりからでもできるって感じ」

「うん」とヨルカが相づちを打つ。

「好きな人を想ってる時間も立派な恋愛かなって。だって、それだけでも楽しいじゃない。頭の中の出来事だけかもしれないけど、想像するだけで心が躍るのって素敵なことだと思うし」

人を好きになる——それはとても豊かな時間だ。

報われるだけが恋愛ではない。

切ない気持ちに襲われることもある。

片想いでいることが楽な場合だってあるだろう。

先に進みたくて、でも両想いになることが夢や幻で終わるかもしれない。

「片想いで終わるのか、相手に告白するのか。告白したいなら、まずは連絡先を交換して、とりあえず遊びに誘って仲を深めようとか、具体的な行動に移す。そこでやっと現実と繋がってくのかなって」

ヨルカは真剣な表情で頷く。

恋愛をしたことがあるなら誰にでも身に覚えのある実感だと思う。

それは、もしかしたら初心な感傷や稚拙な思いこみなのかもしれない。

たくさんの恋をすれば、もしかしたら慣れて、あるいは鈍くもなるのだろう。

だけど青春とは未熟で敏感で——だから特別なのだと俺は思った。

「——そうやって失恋を美化して、大人になれってことですか？」

不満げな声を上げたのは、紗夕だった。

「どうしてそう思うの？」

朝姫さんは後輩に静かに訊き返す。

「だって乙女チックに片想いを肯定して、失敗した恋愛を楽しかった思い出にしろってことですよね。悔しくないんですか？　つらくないんですか？」

「おい、紗夕。急にどうした？」

「きー先輩は黙っててください」

仲裁に入ろうとした俺を、紗夕は鋭く睨む。

「……紗夕ちゃんがどうしてムキになってるかはさておき、その答えは簡単よ」

「聞きたいですね」

「たとえ振られても真剣に応えてくれた人なら、私の見る目は間違ってなかった。そう思えるじゃない。それは傷じゃなくて、きちんと私の自信になる」

朝姫さんは涼やかな声で答える。

「そうやって糧にして、相手が死ぬほど後悔するくらい、いい女にならなきゃ駄目でしょう」

一瞬だけ俺の方を見た気がする。

そう言い切れる文倉朝姫という女の子は、やはり素敵だと思った。

幕間二

「ちょっとお手洗いに行ってきます」と幸波さんは部屋を飛び出す。

「私も熱いこと言っちゃったね。あ、飲み物のお代わり注文しておいて。念のため様子を見てくる」

　すかさず朝姫ちゃんも後を追うように廊下に出ていく。

「どうしたんだろうね幸波さん」

「幸波ちゃんも悩めるお年頃？」

「紗夕にすんげえ睨まれた」

　あたしの一声をきっかけに、ななむーもスミスミも感想をこぼす。

「幸波ちゃん、ノリよさげに見えて意外と純情派とか？」

「なんだか心の琴線に触れちゃったんだろうねぇ。スミスミも予想外っぽいし」

　あたしが振ると、面喰らっていたスミスミが先に謝ってくる。

「空気悪くしたならすまん。普段はああいう感じじゃないんだ。俺も、正直びっくりした」

「別に気にすんなって。あれくらいどうってことない」

「そうだよ。スミスミも別に幹事とか先輩だからって気を遣わないで」

「だけど、一応俺の後輩だからさ。こうやってみんなと遊ぶことになったんだ。せっかくだから、紗夕と仲良くしてやってほしいんだ」

スミスミは我が事のように恐縮していた。

こういう律儀なところを評価して、神崎先生は彼をクラス委員にしたのだろう。

「んー部活の先輩後輩ってやっぱりそういう感じなの？　それって中学時代だけの話でしょ？　いつまでも同じってどうなんだろ？」

「宮内、しゃーねーよ。連帯責任は体育会系の悪しき習慣だからな」

「ななむーはその割に好き勝手やってる印象なんだけど」

「ハハハ、チームを背負う大エースにのみ許された特権ってやつだ」

「じゃあスミスミもバスケ部に復帰させてあげてよ。その特権ってやつでさ」

あたしがチクリと言うと、ななむーはその上背のある身体を縮める。

「宮内、そこは突かないでくれよ」

「そうだよ、みやちー。俺も今さら戻る気もないし」

「男の子の連帯感ってズルいよねぇ。ヨルヨルもそう思わない？」

あたしは黙ったままの彼女に同意を求めた。

彼女は答えず、なにか考えこんでいた。

「……ヨルヨル、どうしたの？」

「さっきの紗夕ちゃんの言葉を思い返してたの。そしたら、わたしには無理だなって」

「無理って、なにが？」

「『失敗した恋愛を楽しかった思い出にしろ』ってところ」

ヨルヨルは神妙な面持ちで答える。

「ヨルカ。それは失恋を引きずらずに、次に活かせって意味だぞ」

「わかってるってば。ただ、それは今している恋愛が終わって、過去になるってことでしょ。それは絶対に嫌だなって。無理だなって思ったの。だからね」

彼女は言葉を一度切って、恋人の彼を見ながら告げた。

「わたしは希墨とずっと一緒にいたい。ずっと未来がいい」

彼は呆然としながら彼女の顔を眺めていた。

「いいでしょう、わたしの希望よ。そんなに見つめないで」

「俺、今日の日を一生忘れない！」

「大げさ」

「それぐらい俺は感動した。心に焼きつけたい。忘れたくない！」

狂喜乱舞しているスミスミは、ヨルヨルにぐっと距離をつめようとする。

「ここは美術準備室じゃない、バカ!」と押し返されていた。

「有坂ちゃんがピュアすぎて眩しい」

「ヨルヨル、こっちが恥ずかしくなるよぉ」

思いもよらず、瀬名希墨と有坂ヨルカのあまりに純な熱愛ぶりを見せつけられてしまう。

目を合わせたあたしとななむーは、部屋から一時退室しようかと思った。

第五話　失恋すらできていない

朝姫がトイレに向かうも、中には誰もいなかった。

「帰っちゃったのかな。けど荷物は部屋に置いたままだし、制服にも着替えてないわけだし」

二基あるエレベーターの階数表示は共に上の階を示していた。

「とすると……」

朝姫は外階段に出る扉に目をつけた。

重いその扉を開ける。

見晴らしがよく、空が広くて気持ちがいい。

だが下を見れば、ビルが狭苦しそうに肩を寄せ合う駅前らしい雑然とした景色。

幸波紗夕は階段を少し下りた踊り場にいた。

手すりに身を預けて、夕日が沈むのを眺めている。

「ハンカチ貸そうか？」

朝姫は、紗夕の背中の気配から状況を察してそう声をかけた。

「……、大丈夫です。自分のあるので」

「ミニスカポリスなのに？」

そう言われて、紗夕はオモチャの拳銃と手錠しか持っていないことに気づく。

「はい、どうぞ。涙を拭きなよ」

ナース服の上から自前のカーディガンを着ていた朝姫は、そのポケットに予備のハンカチをいつも忍ばせていた。

「用意がいいんですね」

「ハンカチ、二枚持っているから」

「アサ先輩が男の子なら絶対惚れちゃいますね」

紗夕はハンカチを大人しく受け取ると、頬をそっと拭った。

「紗夕ちゃんは女の子。そして私も女の子」

朝姫は軽い調子で答えながら、紗夕のとなりに並んだ。

「ふつうの男子ならこんなスマートにはいきませんよ」

「大抵の男の子は遠慮しすぎか、気持ちを押しつけがちだからね」

わかるー、とばかりにふたりは同時に笑う。

「ほんと、アサ先輩タイミングよすぎ。ここにいるのも、よくわかりましたね」

「私、こういう流れとか空気とか、相手がして欲しいことを読むのが得意なの」

それは支倉朝姫の才能のひとつだった。

相手の感情や本心を繊細に感じ取り、どんなことをしてあげればいいかを的確に判断できる。

相手が欲している言葉をかけてあげれば、大抵は嫌がられない。

多くの場合は好意として返ってくる。

ゆえに朝姫は小さい時から人間関係で苦労したことはない。

男女問わずバランスよく相手との距離をとり、どんなコミュニティに所属しても自然と中心に置かれるようになる。

幸いなことに朝姫自身、そんな自分を望まれるのが嫌ではなかった。

学校ならばクラス委員。所属している茶道部では大勢いる同学年の中でもリーダー的役割を務める。周りからは「来年の部長は支倉さんしかいないよね」とも言われていた。

要するに、人の心を掴むのが上手いのだろう。

他人への好奇心も強く、自然と人の名前を覚えるのが得意になった。

丹念に相手を観察するほど、その人となりを発見できるのが面白い。

その反面、膨大な人のヴァリエーションを記憶しているからこそ、胸がときめくような相手にめぐり会えない。

大抵は、出会ったことのある相手の類型だ。

七村竜からは夢見がちと評されたが、むしろ恋愛に対して冷静すぎるのだと自分では思っている。

告白される度に友人達は口を揃えて「とりあえず付き合ってみれば？」と言う。

だけど最初から相手の人となりが想像ついてしまうため、朝姫はどうしても付き合おうとは思えなかった。

第一そんな風に気軽に付き合う感覚がわからなかった。

しかも、わざわざ退屈だとわかっていることに時間を割くのは惜しい。

大学の推薦入学を目指している朝姫にとって、恋愛という娯楽より次の未来への準備の方が大事だ。

結果として支倉朝姫にとっては恋愛の優先順位が低くなるのは必然だった。

その例外として現れたのが、瀬名希墨である。

一見、目立ったところのない男の子。

彼は無自覚に人に合わせるのが上手な人だ。

いつも他人に合わせてばかりの朝姫にとって、他人から合わせてもらえるのがすごく心地よく楽だった。

そうやって彼との何気ないはずの会話がいつしか楽しく感じるようになっていた。

「アサ先輩みたいな綺麗な人に絶妙なタイミングで声かけられたら一発で恋に落ちますって。もし告白なんかされたなら即ＯＫ以外、ありませんよ」

「ところが、そうもいかなかったんだよね……」

「例の振られた相手ですよね？　一体どんな理由でダメだったんですか」

「強力なライバルがいた。ただ、それだけかな」

「アサ先輩に負けない人なんて、それこそヨル先輩くらいしか――」

紗夕はそう言いかけて、固まる。

それからワナワナと震えるように答え合わせをした。

「あ、アサ先輩が告白して振られたのって、きー先輩なんですか」

「うん」

朝姫はあっさり認める。

「嘘⁉　え、いや。なんで！　もう、これ以上ありえないことなんて起きないでよ！」

紗夕はその場でぐるぐると回るように、激しく動揺していた。

「そんなに動くと危ないよ」

うっかり柵から落ちたら無事では済まない。

「あんまりにも思いがけないことで、なんかショックです」

「彼を好きになるのって変かな？」

「変っていうか、わざわざ選ぶ意味がわからなくて」

「それを紗夕ちゃんが言うんだ」

朝姫は見透かしているように後輩を見た。

「……アサ先輩は、どうして告白しようと思ったんですか？」

「お、グイグイ訊いてくるね」

「この場には私達しかいませんし」

どうしても聞きたいと紗夕の目が必死に訴えかけていた。

確かに、夕暮れの外階段は内緒話をするにはちょうどいい。

「希墨くんよりカッコイイ人はいる。成績のいい人、運動できる人、お金持ちな人。賢い人、面白い人、元気な人。そういう誰が見ても判断できる特徴って、彼にはないと思うの。本人も地味だとか平凡だとか、自分はふつうだとかよく言うじゃない」

「うん、すっごく言いますね」

紗夕は激しく同意する。

「でも、私は誰かに自慢したいような恋人がほしいわけじゃないし。正直ずっと友達のままでも別によかったんだと思う」

二年生になり、支倉朝姫は瀬名希墨と同じクラスになった。

クラス委員同士、去年から交流はあった。彼の人となりを知っているから今年の相棒としては申し分ない。彼は常に全体を見てくれるし、細やかなフォローが上手で頼りになる。

仕事はしやすいし、悩みがあれば同じレベルで共有できて共に考えてくれる。

そういう日々の小さな積み重ねが好意を育んでいく。

朝姫は恋心を自覚しつつも、急いで関係性を変えようとは思っていなかった。

支倉朝姫にとって恋愛の優先順位は高くない。

だが、その順位を覆すような出来事に遭遇してしまった。

「彼の傷ついた顔を見た時、気づいちゃったの。あぁ、私が彼を慰めてあげたいって。私と一緒にいることで笑ってほしい。もっと、深く付き合いたいって」

するとと、紗夕はせっかく収まったはずの涙をまた流していた。

「なんでまた泣くのよ」

「だってぇ、アサ先輩、の話にはぁ、共感ッ、しか、なぁぐてぇ」

「感動の涙なら構わないけど」

ぐずる紗夕の涙が止まるのを静かに待つ。

空はゆっくり橙色から紫、そして夜の色へと移り変わっていく。

「ちなみに告白のコツってあります？」持ち直した紗夕はさらに助言を求めた。

「振られた私に質問する？」

「アサ先輩の告白なら、ふつうは絶対成功しますから！」

「告白が上手くいくかは、相性とタイミング」

朝姫は簡潔に言い切る。

「コミュニケーションを重ねて、好意を抱かせる。その仕上げに告白する」

「告白が、仕上げ」

「そう。かけた時間は関係ない。その前提が整ってないで告白するから失敗する。その上で、最後に相性とタイミングが重要になるって感じ」

「アサ先輩は、それがわかっててもダメだったんですよね？」

「最後にどんでん返しを食らっちゃってさ」

あの放課後、あの瞬間こそがベスト。

そう直感して、傷ついていた彼に想いを告げた。

迷える彼だったが、あのままいけば恋人になっていたはずだ。

だけど運命は、朝姫の読みを裏切るように最高のタイミングで最強のライバルを登場させた。

有坂ヨルカは全身全霊を賭すように、恋人である瀬名希墨を取り返しにきた。

あんな情熱的な振る舞いは自分にはできない。

そう感心してしまい、あっさり退いてしまった。

思い出しても、少し笑える。

今日のカラオケも朝姫の参加が決まった途端、あの有坂ヨルカも来ることになった。

すっかり警戒されていると思いきや、先ほどのように恋愛について語ると、有坂ヨルカが一番に共感するのだから不思議なものだ。

「恋愛って面白いよね。どんなに上手くいくと思っても、百パーセントだけはありえないんだから」

そして、ここに自分と同じ境遇にいる後輩と巡り合えた。

「ていうか、紗夕ちゃんも希墨くんのこと好きでしょ」

「な、なんでわかるんですか！」

朝姫に言い当てられて、紗夕は動揺した。

「そりゃ目は口ほどに物を言うし。希墨くんを見る紗夕ちゃんの視線にはラブが溢れてるもの」

「きー先輩にはバレてないですよね。すっごく戻りづらいんですけど」

「気づかれてないでしょ」

朝姫は冗談っぽく言う。

「さっきものすごく睨んじゃいましたよ」

「甘い。あなたが戦うのは有坂さんなんだよ？　彼女ならもっと鋭く睨みつけてるんだから」

「あんな美人の視線を真正面から受けて、恐くないんですかね」

「それが大丈夫だから付き合えてるんでしょ」

「さぁ。けど他の男の子がみんな有坂さんにビビっちゃう中で、希墨くんだけが恋人になってるのが事実だからね」

「ドMとか？」

「けど、そんな彼を一途に追いかけて同じ高校に入ったんでしょ？」

「きー先輩っていざという時に厚かましいというか、めげないからな」

紗夕は深いため息をつく。

「そんなロマンチックなものじゃないです」

「よかったら、今度は紗夕ちゃんの話を聞かせてほしいな」

朝姫のやさしい呼びかけに肩を震わせる紗夕。

「……きー先輩は近すぎたんです。横にいるのが当たり前すぎて、気兼ねなくて、楽しくて。この気持ちが先輩への信頼じゃなくて、恋愛感情って気づいたのはきー先輩が部活を引退してからなので」

「すぐ告白しなかったの？」

「意識し出したら、急に上手く喋れなくなっちゃって。ちょうどきー先輩も引退してから一気に受験モードに入って、ラインする頻度も少なくなるし」

「部活で会えない。学年も違う。連絡も控えちゃう。一般的な恋愛のセオリーからすると真逆の行動だね」

「わ、私はきー先輩に気を遣ってたわけで」

「そうやって自分が行動できない言い訳にしてたんでしょ？」

「手厳しいですね」

「だって、中学時代に告白してたら、きっと付き合えてたんじゃない？　少なくとも今の百倍は勝算あったと思うんだけど」

瀬名希墨と幸波紗夕はしっかりとした絆で結ばれていると、朝姫は見ていて感じた。

きっかけさえあれば男女の仲に発展するのも容易い。

――少なくとも中学時代のふたりならば、相性とタイミングという要件は満たしていた。

「そーなんですよねぇー。高校できー先輩に彼女ができるなんて完全に予想外すぎて」

紗夕はがっくりとうなだれる。

隠していた絶望感と悲壮感が一気に露わになる。

「きー先輩を好きになるような物好き、他にいないと思ってたんですよ！」

心からの嘆きは見ていても気の毒だ。

「しかも友達関係まで昔より華やかなのってなんなんですか？　七村先輩はバスケ部エースだし、宮内先輩は超キュート。アサ先輩はめっちゃ空気読めて美人で、一緒にクラス委員までやってるし。それで極めつけはヨル先輩ですよ！　あんな最強スペック女子なのに、なんできー先輩と付き合ってるんです？　ありえないですよ！　ぶぅ！」

溜めこんでいた感情が爆発する。

中学時代の地味で平凡な瀬名希墨を知る紗夕からすれば、周囲の友人の華やかさは驚愕だ。

「あはは。失恋を拗らせてるなぁ」

「笑いごとじゃないです。それに私、ま、ま、まだ失恋すらできてません」

夕日に照らされる物憂げな紗夕。

「高校まで追いかけてくるなんて勇気あるよ」

「我ながら回りくどいなって思います。けど好きな人と同じ学校で恋愛できたら楽しいじゃないですか」

「どうして、そこまで希墨くんなの？」

「半分は意地みたいなものです。忘れようとしても、忘れられないし……」

「割り切るのも大事だよ。中学時代から好きなら、三年近く片想いしてるわけでしょ？　長く抱えすぎた感情って性質が悪いし」

「い、一回だけ告白しようとしたんです！　だけど、きー先輩が来てくれなくて」

「希墨くんって約束を忘れるタイプじゃないでしょ？　ちゃんと伝わってたの？」

「私の引退試合を応援しに来てくださいってラインしましたよ！　既読だって、ついたのに」

思い出して、しょげてしまう紗夕の姿はかわいい。

「そんなショックなら怒って、嫌いになりそうだけど」

「返事さえ来ないなんて、今までなかったから……」

「それ、きちんと確かめた？」

紗夕は目を逸らし、だんまりを決めこむ。

「よーし。じゃあ今から確認しに行こうか」

ウキウキの朝姫は回れ右して、階段を上ろうとする。

紗夕は朝姫の腕を摑んで、それを押しとどめた。

「そうですよ、去年の夏は恐くて確かめられませんでしたよ！　悪いですか！」

去年の夏ということは、瀬名希墨がバスケ部を辞めた時期と重なっているかもしれない。

紗夕の口振りでは、その事実は知らないようだ。

「踏ん切りがつかなくて一番苦しいのは紗夕ちゃんでしょうに」

「わかってます！　わかってるんですけどぉ！」

長引かせるほどハードルが上がるのは紗夕も嫌というほど自覚していた。

片想いは結ばれない代わりに、白黒がつかないから楽しいままでいられる。

可能性が残っている――ただ、それだけで救われることもある。

「紗夕ちゃん。中学時代に戻りたいならオススメしないよ」

「むしろお断りです。きー先輩、いまだに私の扱い方が中学時代と変わらないのがムカつくくらいなんですから」

「そう。きー先輩は全然変わってないんです。だから、余計に悔しくて」

「希墨くんらしい」

「悔しい？」

紗夕は下唇を噛み、燻っていた想いを言葉にした。

「あの人は近所だって理由だけでずーっと私の世話を焼いてくれました。そのせいで男バスの先輩とかから舐められてたんです。幸波紗夕の専属マネージャーだってからかわれて。だけど、おまえらこそ、きー先輩の足元にも及ばないぞって！　どんなに目立たないことでも手を抜かないし、責任をもってやる人なんです。周りの声に流されず、黙々と地味だけど大切なことを全うする。そういう真面目さと懐の深さが、いいなって……」

「自分以外にも、その魅力に気づいた人がいて悔しいわけか。複雑な乙女心」

朝姫は、一途なこの後輩女子を微笑ましく思う。

「いっそきー先輩が高校デビューしてチャラチャラしてくれてれば幻滅できたんですけど」

紗夕は顔を上げて、背筋を伸ばした。

「でも希墨くんに声をかけてきたってことは、まだ諦めてないんでしょ？」

朝姫は本心を訊ねる。

「はい。この恋に決着をつけます」

その元スポーツ少女っぽい快活な言い方に、朝姫はにっこりと笑った。

「じゃあ応援代わりに一個だけヒントをあげる。去年の夏、あなたの引退試合に来れなかった理由を、ちゃんと本人に訊いてみればいいと思うよ」

紗夕は具体的な助言がもらえたことに目を丸くした。

「はい！　確かめてみます！」

「うん。じゃあ戻ろうか」

階段を上がり、扉を開ける前に紗夕は謝る。

「さっきはすみませんでした。気晴らしにって、私から誘ったのに。なんか噛みつくような言い方しちゃって」

「迷える後輩を導くのも、先輩の役目よ。気にしないで」

「あの、これから師匠と呼んでいいですか？」

「それは嫌」

「ぶぅ！　アサ先輩、厳しぃ」

「はー恋する乙女に中てられちゃったな。がっつり恋バナしちゃったよ」

「後輩を導くって言った矢先に嘆かないでくださいよ！」

「だって紗夕ちゃん、想像以上にガチなんだもん」

「命短し恋せよ乙女――ってやつです」

その言葉はふいに朝姫の心の琴線に触れる。

「……あと何回、私達は恋に落ちれるのかな」

朝姫は扉を開ける。

「アサ先輩なら、いくらでもできると思いますけど」

「付き合うことと本気で恋することは同じとは限らないじゃない」

中には毎度全力で相手を好きになれる人もいるだろう。

だけど、支倉朝姫には無理だった。

――特別に好きな人から愛されたい。

そして朝姫はようやく気づく。

単純なことだ。

「そっか。私、有坂さんが羨ましいんだ」

誰にも聞こえないように、小さく呟く。

言葉にした途端、胸の奥に抱えていた違和感が失恋の痛みだとようやく気づいた。

◇◇◇

朝姫さんと紗夕が帰ってきた時、ちょうど七村の熱唱が終わった。

「おかえり。ずいぶん長いトイレだったな」

「七村くん、デリカシーなさすぎだから。最低」と朝姫さんは笑いながら元の席に座る。

紗夕はやけに力んだ顔をしながら俺を見ていた。

「……どうした紗夕、恐い顔して？」

「えーっと。ちょっと質問があるんですけど、訊いていいですか？」

「あらたまって、なんだよ。別に構わないけど」

紗夕の緊張が伝わってきて、俺まで思わず身構えてしまう。

ヨルカもみやちーも紗夕の次の言葉を待っていた。

「あの！　理由を教えてください！」

「なんの？」

「去年の夏、私の引退試合に来てくれなかったことです」

「引退、試合……」

「私、連絡しましたよね。既読もちゃんとついてました。後輩の最後の晴れ舞台くらい応援に来てくれてもいいじゃないですか。その、せめて、断りの返事くらい欲しかった、です」

紗夕は絞り出すように、俺に問いかける。

——去年の、夏。

「あッ⁉」

そうか、ちょうどあの時だ。

「紗夕、すまない。あの時期はかなりトラブってて」

「今さら謝っても許しませんよ！」

俺の反応を見て、紗夕は当然のように不機嫌になる。

「なぁ、幸波ちゃんが言ってるのは夏の大会だろ。日時ってまだ覚えてる？」

七村がいつになく真面目な声で訊ねた。

紗夕が日付を答えると、七村、みやちーは合点がいった様子である。

「……──あ。もしかして、あの時？」

ヨルカも思い至ったようだ。

「え。なんですか？　去年の夏になにかあったんですか？」

二年生達の反応に、紗夕が不審そうに訊ねる。

「悪い、幸波ちゃん。瀬名が応援行けなかったのは、俺が原因だ。あの時はゴタゴタしてて、瀬名はまったく悪くない」

「どうして七村先輩が謝るんです？　私にもちゃんと教えてくださいよ」

あの自信家の七村が自ら謝る状況に、紗夕はいよいよ困惑する。

「バスケ部で他校と練習試合中に喧嘩が起きたの。で、ななむーを庇ったスミスミが責任をとらされて退部したの」

みやちーは淡々とした声で事実だけを語った。

「紗夕。連絡しなくて悪かった。あの時は、かなり参ってたんだ。すまん……」

「い、いやぁ。きー先輩も、中々やりますねぇ。えーさすがにビックリだな。友達を庇うなんて男気ありますね。そーいうことなら仕方ないですもんね。いやーてっきり嫌われたとばかり」

はじめて知る一年前の真実に紗夕も面食らっている。

「そんなわけないだろ！　ちゃんとわかってたら応援に行ってた！」

「はい。……無視されたんじゃないってわかって、よかったです」

俺の謝罪を受けて、紗夕は急にしおらしくなる。

「うんうん。希墨からの返事遅れたら腹立つよね」

隣でヨルカは深く共感していた。

「そこでヨルカが賛同するなよ」

「反応がないって不安なの」

「俺と付き合うまではロクにラインもしてなかったくせに」

「希墨とラインするのは楽しいわよ。もし迷惑なら、少しは、我慢、するけど……」

毎日のようにラインでやりとりをするヨルカは悲しそうな顔になった。

うっかり先に寝落ちすると翌朝には不満のメッセージが届いている。

俺は、それすら愛おしく感じるのだ。

「この前だって零時ピッタリに送ってきただろ」

半日も我慢できないヨルカが、何日もラインを封印できるのだろうか。

「あ、あれは翌朝遅刻しないように起きてるうちに送っただけ！」

「わかってるって。俺も楽しいから今のままでお願いします」

「ならよかった！」

パッと晴れやかな表情に変わるヨルカ。

そんな恋人の素直な反応に俺も嬉しい気持ちになる。

「おいおい、どさくさに紛れてイチャついてんじゃねーぞ。湿っぽいのはおしまい！　まだ終了時刻まで時間はあるぞ。カラオケ来たんだから、もっと歌え！」

「ふたりがいない間に、あたし達で歌ってたからたくさん予約いれて大丈夫だよ」

七村とみやちーが選曲を促す。

「じゃあ、私が歌いまーす！」

急に元気になった紗夕が勢いよくマイクをとった。

アップテンポな明るい曲が流れはじめ、水を得た魚のようにノリノリで歌う。

間奏になり、紗夕はちらりと朝姫さんの方へ目をやった。

朝姫さんはその嬉しそうな後輩の顔を見て、満足げに頷く。

帰ってきたふたりは、なにやら固い信頼で結ばれているように見えた。

◇◇◇

「私の分まで出してもらっちゃって。ありがとうございます！」

入学祝いということで、紗夕の分は俺達二年生がおごることになった。

幹事の俺が会計を済ませて店の外に出ると、すっかり夜になっていた。

外で待っていたみんなも心なしか疲れ気味だ。かなり長い時間歌っていた。

「あー最後叫びすぎて喉痛ぇ」

「ななむー、部活で普段から声出してるんじゃないの？」

騒ぎすぎた七村に対して、歌上手なみやちーは余裕そうだった。

「退室時間が近づくと、なんか全力出し切らなきゃって思わね？」

「わかるー。まだ歌ってない曲を急に思い出しちゃう的な」

しょうがないなぁー、とみやちーがカバンから取り出したのはのど飴だった。

「お。サンキューな、宮内」

「スミスミやヨルヨルは大丈夫？　舐める？」

「俺は大丈夫。用意いいね」

「わたしも平気。ありがとう」

ヨルカは澄ました顔で、みやちーの横に立つ。

本日のヨルカを振り返れば主に俺とみやちーとしか話さず、七村や朝姫さん、紗夕にわずかに反応する程度。ほとんど会話らしい会話はなかった。

安定のヨルカだった。

まぁ今日こうやって校外での大人数の集まりに参加してくれただけでも一歩前進だ。

「ふたりものど飴いるー？」

「もらいます！」

「私も欲しい。ありがとう、ひなかちゃん」

紗夕と朝姫さんものど飴を受け取る。

「なんだか、朝姫ちゃんと幸波ちゃんは仲良しになったね」

ふたりの距離感の変化についてみやちーは興味を示す。

「アサ先輩は、私の師匠なので！」

「だから師匠って呼ばないでよ」

朝姫さんが苦笑する。

「紗夕。あんまり甘えすぎるなよ。朝姫さんも紗夕の相手は適当でいいからね」

俺が思わず苦言を呈すると、

「聞きました、アサ先輩？　これですよ、これ」

「なるほど。中学生レベルの反応ね」

　ふたりは目を合わせて、なにやら納得していた。

「今日は面白かったから、またみんなで集まって遊ぼうぜ。幹事は引き続き、瀬名に一任する。言わば瀬名会の発足だな」

「瀬名会、賛成」

　七村とみやちーが勝手に話を進めていく。

「なんだよ、瀬名会って」

「そりゃ幹事様へのリスペクトだって」

「七村が遊びたい時に、俺に手配を丸投げしたいだけだろ？」

「そうとも言う」と七村はあっさり認める。

「いいんじゃない。私も参加する」

　朝姫さんも乗り気だ。

「わ、私もいいですか？」

　後輩である紗夕も遠慮気味に手を挙げると、七村・みやちー・朝姫さんは当然ＯＫ。

「あとは、有坂ちゃん次第かな？」

　七村が代表して訊ねる。

　みんなの視線が集まり、ヨルカはわずかに緊張しながらもこう答える。

「……今日は思ってたより楽しかった。希墨がやってくれるなら、わたしも入る」

恋人にそう言われてしまっては、俺が断る理由はない。

満場一致で、瀬名会の発足が決まった。

俺は幹事として本日最後の仕事をする。

「今日はお疲れ。みんな集まってくれてありがとう！　またゴールデンウィーク明けに学校で」

最後に一言述べて、第一回・瀬名会は解散となった。

第六話　会えない時間に愛は育ち、そして魔も差す

みんなと別れた後、俺とヨルカはもう少し一緒にいることにした。

カフェに入ろうとも思ったが、歌いながらドリンクもたくさん飲んだからお腹は膨れている。

ずっと密室にいたからリフレッシュもしたいと、駅周辺を適当に歩くことにした。

「疲れた」

俺とふたりだけになり、ヨルカはふぅと肩の力を抜いていた。やはり緊張していたらしい。

「ご苦労様。今日はどうだった？」

「カラオケは楽しかった。けど、大人数はまだ慣れないかな」

まだ、と自分で言うところにヨルカの前向きさが感じられた。

「その、瀬名会ってやつ、ほんとに入ってよかったのか？」

「なんで希墨が照れてるのよ」

「自分の名前がついた集まりなんて恥ずかしいだろ」

俺は正直に答える。

「わかりやすくていいじゃない」

「……ヨルカ、ちょっと面白がってる？」

「賛成なのは本心だよ。希墨やひなかちゃんのいる集まりなら、わたしも参加しやすいし」

「ヨルカの負担になってないならいいけど……」

「大丈夫。無理ならすぐ断るから。だけど、わたしはふたりでいるのが一番好き」

ヨルカの指先がかすかに俺の手をなぞる。

それを合図にしたように、俺はヨルカの手を握った。

彼女は拒むことなく指先を絡め直して恋人繋ぎにする。

子どもの頃から見慣れた景色も、恋人と手を繋ぎながら歩くと違って見える。

「ちょうど、あのビルに入ってる日周塾ってところに通って受験勉強してたんだよ。個人経営の小さい塾だったんだけど面白いバイトの講師がいてさ、すげえお世話になったんだ」

「へぇ、男の人？」

珍しい。ヨルカの直感が外れた。カラオケで疲れたせいかな。

「一応、女の人。理系の大学生でしょっちゅう研究室に寝泊まりしてるから、いつも白衣にサンダルなんだよ。ファッションに無頓着で長い髪をアップにしてお団子にするのにボールペンをかんざし代わりに挿してたりするんだぜ。化粧するのも面倒くさいのか、すっぴんで年中マスクしてるんだよ。ああいうのを天才肌って言うのかな。面白い人だった」

俺は地元での思い出話を饒舌に語る。

「よくそんないい加減そうな人が希墨を合格させられたわね」

「俺にとっては恐怖の大魔王だったよ。無茶ぶりばかりのスパルタ方式だったけど、頭の回転が抜群に速くて、教えるのが上手かった」

合格したから笑って話せるが、当時はマジで大変だった。

それこそ勉強漬けの日々で『はい、スミくん。次はこれ解いて』と笑顔で増やす課題を意地になってこなした。

「じゃあ恩人ってことで、今回は見逃してあげる」

「寛容な恋人に感謝するよ」

「毎度疑ってたら、くたびれるからね」

「安心しろよ。俺にはヨルカ以外ありえない」

「うん。知ってる」

ヨルカは当然とばかりに余裕の笑みを浮かべる。

「──けど、やっぱり物足りない」

「え、なにが？」

「……希墨とハグしたい」

「ここで？」

さすがに往来で抱きしめ合うのは憚られる。

どうする？　ヨルカの要望は叶えてあげたい。ていうか、俺もそうしたい。

だが人目につかない場所を探そうにも見当たらなかった。

こういう時、他のカップルの皆さんはどうしてるの？

気にせず抱きついちゃうとか。そういえば酔っ払った大学生のカップルとか駅の改札前で別れを惜しんでチュッチュしてたな。

けど俺達は高校生、アルコールの勢いを借りて羞恥心を捨てるのはもちろん法律違反。

どこかいい場所はないものか。そうだ、漫画喫茶の個室なら周りの目を気にしなくて済む。

ってハグするために漫画喫茶に行くのか!?

もういっそ、また我が家にご招待する？　いや前回が例外だっただけで今日は両親もいる。

いきなり両親に紹介は色んな意味でハードルが高い。

あーだこーだと考えを巡らせていると、ヨルカが俺の手を引いた。

「あっち」

横道に入る。さらに細い路地に進むと自動販売機の脇が死角になっている。これなら人目につきにくい。

「今日の分のごほうび。それと——前借り」

ヨルカはそこで当然のように俺に抱きついてきた。俺の背中まで手を回し、全身で密着する。

あの恥ずかしがり屋なヨルカがすごく積極的になってるッ！

俺は内心で大喜びしつつも、せっかくのムードを壊さないようにグッとこらえた。

「いくらでもどうぞ」

「うん。希墨はあったかい」

「そりゃ生きてますから」

「死なれたら困るわ」

俺はヨルカの頭を手でそっと撫でた。やわらかくて指通りのいい髪が心地好い。

「それ好き」

俺達は幸せに浸るようにしばらくそのままでいた。

この時間が一生続けばいい、とそう心から思う。

『高校生の恋愛で結婚まで考えちゃうなんてロマンチストですね』

だけど、カラオケで紗夕に言われた言葉がふいによぎる。

そんなことくらいわかっている、と頭の片隅にいる冷静な自分が反論する。

高校生という若い時期に出会い、そのまま長い人生を死ぬまで一緒に生きていく。

今の時代、それがどれほどの奇跡だろう。

高校生の恋人達が語る「ずっと一緒」や「永遠の愛」がいかに現実味のない軽い言葉で、その先に待つ現実がいかに容赦のないことか。

どれだけ今の気持ちが本気でも、些細なきっかけで簡単に壊れてしまうかもしれない。

不安になるとキリがなく、だからこそヨルカの言葉は心の底から嬉しかった。

「カラオケでさ、『希墨とずっと一緒にいたい』って言ってくれてありがとう」

きっとヨルカも同じ気持ちなのだろう。

恋に浮かれる一方で、未来への不安もある。

それでも自分の想いをきちんと口にするのが、どれだけ尊く大事なことか。

「繰り返さないでよ」

「印象的だったから」

あんな男冥利に尽きる言葉、一生忘れるはずがない。

「……ただの本心だから」

「俺も同じ気持ち」

「うん」

俺とヨルカの絆は強まった。そう実感する。

「ヨルカ。明日からゴールデンウィークだろ。休み中に、ふたりで遊びに行かないか？」

この前から温めていた休日デートの件、ようやく言えた。

ヨルカがゆっくりと顔をあげる。

その表情は大変申し訳なさそうだった。

「あのね、ゴールデンウィークはずっと海外行ってるから無理。家族旅行で南の島なの」

「海外ッ⁉」

そうだった。俺の彼女はすんげぇお嬢様だった。

普段、彼女のご両親は海外で仕事をしていると聞いた。おそらく娘達の休みに合わせて前々から計画していたのだろう。

「わたしだけでも日本に残って、希墨と一緒にいたいんだけど」

「それで、ゴールデンウィークに会えない分のハグを前借りってことか」

「付き合ってからこんなに顔を合わせないのって、はじめてでしょ。なんか不安で……」

旅行に行く前から、こんな調子ではむしろ俺の方が心配になる。

「そう思ってくれるだけでも嬉しいよ。こっちのことは気にするなって」

「時差あるし、ネットも常時繋がるかわからないけど、マメに連絡を入れるから！」

ヨルカは一生懸命に訴える。

「せっかくの海外旅行だぞ。スマホの電波ばっかり気にしないで、きっちり楽しめ。そんで俺にいっぱい話を聞かせてくれ」

「うん。わかった」

「いつ出発するの？　帰国日は？」

「出発は明日の早朝で、帰ってくるのはゴールデンウィーク最終日の夜。なかなか言い出せなくてごめんなさい」

「そんな謝るなって。デートは逃げないよ」

「旅行を決めた時には、まさか恋人になれるなんて思ってもなかったから……」

ヨルカは必死になって弁解する。

「俺も同じだよ。ヨルカと付き合えるってわかってたら、俺も家族旅行を不参加にしてたさ。だからさ、お互いゴールデンウィークは家族優先で問題なし」

「ありがとうね。希墨も楽しんで」

いくら通信技術が発達しようとも、面と向かって会う喜びには敵わない。

仕方のないこととはいえ、さびしくないと言ったら嘘になる。

「って、明日の朝出発なのに今日カラオケに来てよかったのか？　準備とか間に合うの？」

「慣れてるから、荷造りはもう済んでる」

「さすが。……って悪い、カラオケやってる場合じゃなかったな」

今日ヨルカはふたりきりですごしたかったに違いない。

「希墨にも友達付き合いがあるわけだから。わたしの都合で振り回しちゃうのも悪いし」

この気遣い。恋人のいじらしさに俺はキュンときてしまう。

「いいんだよ、ヨルカは俺に遠慮しなくて」

俺は折れてしまいそうな細く柔らかい身体を一層大切に抱きしめる。

「もう十分甘えさせてもらってる」

「ヨルカ、帰ってきたら今度こそ休日デートしよう」

「うん。お休みの日のデート、楽しみにしてる」

ゴールデンウィークに会えない分を補うように長いハグをしてから、俺はヨルカを駅まで送った。

改札を抜け、ヨルカの後ろ姿が見えなくなるまで手を振る。

ヨルカは何度も何度も名残惜しそうにこちらを振り返った。

恋人と別れる時はいつだってさびしい。


翌朝。いつもより早く目が覚めてしまった。

「ヨルカは今頃成田か……。そろそろ搭乗してるのかな」

ベッドの上でダラダラしながら天井に向かって呟く。

「なーんか春休みに戻った気分だな」

会えない間にヨルカのことばっかり考えるこの感じ。あの時は連絡先の交換さえしてなかったから完全に八方塞がりだった。それに比べれば、今は遥かにマシである。

「……いってらっしゃい、くらい送っておくか」

枕元のスマホに手を伸ばし、手早くメッセージを送信する。

直後、すぐに返事が届く。

ヨルカ：朝まで起きてたの？　もしかして寝れなかった？

なんだか誤解させてしまったようだ。

希墨：ちゃんと寝たよ。で、この時間に目が覚めた。
**　そろそろ飛行機に乗るの？**

ヨルカ：うん。今、自分の席に着いたところ。

となれば、もうスマホの電源を切らなくてはいけないはずだ。間に合ってよかった。

希墨：トラブルがないように祈ってる。楽しんで。

これが最後のつもりでメッセージを送り、スマホを置いた。

そのまま二度寝をしようとしていたところ、ギリギリでヨルカから写真が送られてくる。

「――こ、これはッ⁉」

俺の眠気は一瞬で吹き飛び、ベッドから身体を起こす。

それは昨日のキャビンアテンダントのコスプレをしたヨルカの写真だった。

そういえば、みやちーに言われるがまま撮られていたような気がする。

慣れない格好で恥ずかしそうにしながらも、ばっちりカメラ目線なヨルカ。かわいらしいお宝写真に顔がほころぶ。

ヨルカ：特別だからね。わたしがいない間、さびしがらないでよ。

いってきます!

嬉しくて恥ずかしくて、にやけが止まらない。

一生の宝物を獲得した喜びと、彼女への恋しさが同時に押し寄せてくる。

俺は部屋のカーテンと窓を開けた。今日もよく晴れそうだ。

「あ——今すぐに会いてぇな」

写真を眺めながら、俺は機上の人となったヨルカを想う。

そして、早く休日デートもしたかった。

ゴールデンウィークなんてはじまってしまえば、あっという間にすぎていく。

前半はのんびり家ですごし、後半は二泊三日で瀬名家の家族旅行。

目的地は温泉だ。

妹の映がまだ小さいからと、両親はここぞとばかりに連れ回したがった。

「きすみくん。そろそろ出発するってパパが言ってる……なに見てるの？　映にも見せて！」

ノックもなく、いきなり部屋に乱入してくる妹の映。

映は、ベッドで横になっている俺めがけて容赦なく飛びこんでくる。

小学四年生にしては背が高く大人びた容姿をしているため、割と衝撃もすごい。女性的な身体つきにただいま成長中だが、中身はまだまだ無邪気なお子ちゃまだった。

「ええい、離れろマイシスター！　おまえにはまだ早い！　あとお兄ちゃんと呼びなさい！」

暇さえあればヨルカのキャビンアテンダント姿を眺めている俺に、小学四年生の妹は躊躇なくじゃれついてくる。ていうかこんな写真見られたら兄としての威厳が揺らぐ。

「最近ずっとスマホばっかり見てる。もっと映に構ってよ！」

「わかったから。出発もするから、上着を着させろ」

年齢の割には発育のいい妹はどかすのも一苦労。

身体ばかり大きいちびっ子だから大変に厄介である。

俺はハンガーラックから上に羽織る薄手のコートを探す。

「ねぇねぇ、きすみくん。このビニールかかってるのって中学校の制服だよね？　映も中学生になったらこれ着るの？」

なにが楽しいのか、わざわざ横に来て俺の上着選びを眺めている。

律儀な母親は俺の中学の学ランをわざわざクリーニングに出していた。当然もう着る機会もないので透明なビニールカバーがかかったままだ。

「女の子はセーラー服だよ」

「紗夕ちゃんが着てたやつ？」

「そうだよ。あと紗夕、俺と同じ高校にも入ったんだぞ？　びっくりだよな」

「今はヨルカちゃんと同じあのかわいい制服着てるの？」

子どもと言えど、映も女の子だ。

映なりのこだわりがあるようで、ファッションには結構うるさい。

なので永聖の制服のオシャレさをよくわかっていた。

俺が小学生の時なんて親に買い与えられた服をそのまま着てた記憶しかないのだが。

「そうだよ」

「映も同じの着たい！」

「ヨルカと同じ制服着たいなら、うんと勉強しないと永聖には入れないぞ」

「映、お勉強得意だよ。いつもテストで百点だもん」

そう。アホな言動に反して、映は勉強ができる。ここぞという集中力が高く、記憶力も悪くないので通知表はいつもオール5だった。

階下から親が俺達を呼ぶ。

コートに袖を通し、着替えをつめたリュックサックを肩にかけ、映と階段を下りていった。

旅行中くらいは映の世話は両親に任せて、俺は荷物持ちとカメラ係に徹するつもりでいた。

が、癖というものは中々直らない。

いつもの調子ではしゃぐ妹から目を離せず、終始振り回される羽目になった。

屋台があれば、あれ食べたい。

土産物があれば、これ欲しい。

疲れた。トイレ。もっと遊ぶ。あれがしたい。これもしたい。もっとしたい。もっともっとしたい。

両親がひたすら甘やかすせいで、映は大変楽しそうだった。

映が眠そうにしているだけで「希墨が映をおんぶしてあげなさい」と母親の鶴の一声が飛ぶ。

小学生女子ひとりを背負って歩き続けるのは結構しんどい。

耳元では、すぴーすぴーと気持ちよさそうな寝息が聞こえてくる。

挙げ句の果てに両親は呑気に「希墨と映は仲良し兄妹ね」なんてのたまう。

夕飯時に復活した映は浴衣姿でまたはしゃぎ、かたや俺は軽い筋肉痛に苦しめられた。

俺は逃げるように露天風呂に浸かり、ようやくひとりの時間を得る。

ヨルカは、異国の空の下で今どのようにすごしているのだろう。

会えないほどに相手のことを想う時間が増える。

「愛情ってのは自分の中で勝手に育つもんなんだなぁ」

ぬるめのお湯でリラックスしているせいか、つい感傷的な気分になってしまう。

昼間は映の相手で忙しかったが、こうしてひとりになるとやっぱり考えることはヨルカのことばかりだ。
満天の星空を見上げながら長い時間お湯に浸かった。
風呂から上がると浴衣に着替えて、湯冷ましの休憩スペースでのんびりする。
気まぐれに、湯上がりに飲んだ瓶牛乳の写真をヨルカに送ってみた。
「返事は時差もあるから、明日かなぁ」
そのまま身体が冷めるまでスマホをいじりながらリラックスしていると、タイミングよくラインが届いた。

ヨルカ：ちゃんと牛乳飲む時、腰に手を当てて飲んだ？

希墨：もちろん（笑）。

そのメッセージを見て、俺は笑った。
しばらくすると、また着信音が鳴る。
ヨルカだと思ってメッセージを開くと、送信者は幸波紗夕になっていた。

紗夕：今どこですか？　お家の前通ったら電気ついてなかった。

希墨：旅行で温泉来てる。

紗夕：え、まさか！　もうヨル先輩としっぽり温泉旅行ですか!?

希墨：飛躍すんな。家族とだよ。ヨルカは海外旅行中。

紗夕：わぁーいいな。温泉気持ちよかったですか？
何事もなかったように元の会話に戻るな。
希墨：極楽。もう帰りたくない。
紗夕：いつ帰るんですか？
希墨：スルーかよ。
紗夕：じじくさいこと言わないでくださいよ。
希墨：気分の問題だ。
紗夕：で、いつ帰るんですか？　答えてプリーズ。
希墨：明日の夜には帰る。
紗夕：了解でーす。
紗夕：あ、お土産よろです！　買ってこなかったら怒りますから！
なーにが了解なのか、さっぱりである。
欲しがりかッ！
「高校生になっても、なんも変わんねぇ」
こうやって夜に紗夕とラインしたのも久しぶりだった。
タイムラインを遡る。最後にメッセージのやりとりをしたのは去年の、夏前。
「確かに返事してないな……」

そこにはとっくに終わった紗夕の引退試合の日時と場所、そして応援に来いという内容が書かれていた。

返信していない以前に、目を通した記憶さえない。

あの頃はバスケ部を退部処分になるかどうかのゴタゴタで精神的に参っていた。なにをするにも億劫で、あらゆる気力が失われていた。

いや、違う。

そんなひどい状態だったからこそ俺は有坂ヨルカのいる美術準備室に足を運んでいたんだ。

ヨルカと話している時だけは不思議と悩みを忘れることができた。

それが、彼女への恋心だと自覚するまでさほど時間はかからなかった。

「あーきすみくん、ここにいた！　早く帰ってきなよ！」

迎えにきた映に手を引っ張られて、俺はようやく腰を上げた。

「ほら、映。パジャマと違うんだから、浴衣であんまはしゃぐなって」

着慣れない浴衣に浮かれる映は、廊下でもスリッパでパタパタ走り回ろうとする。

「ヒラヒラして面白いんだもん」

「着崩れるから激しく動くな。部屋まで大人しくしてろ」

「えーじゃあアイス買ってくれたら我慢する」

俺の返事を待たずロビーの売店にパタパタと向かう我が妹。

まだアイスを買えるくらいの小銭の持ち合わせはあった。

「……食べたら、もう一回歯を磨けよ」

「わーい、アイスぅ！　ハーゲンダッツ！」

「ここじゃ売ってないだろ。もっと安いのにしろ」

映の第一希望の高級アイスはやはりなかったが、いわゆる観光地価格なのかアイスの値段はそれなりに高かった。

「俺にも一口ちょうだい」

「やだ。これ、映のだもん！」

「買ったのは俺だろ」

「しょーがないなぁ。きすみくんだから特別だよ」

もったいぶって木のスプーンで掬って差し出してきたのは、ほんとうに小さな一口だった。

それでも冷たくて美味しい。

「もうちょい食べさせろよ。あと、ちゃんとお兄ちゃんと呼べって」

「両方嫌！」

わからん。俺の妹はなぜ兄をお兄ちゃんと呼ばないのだろうか。

映がアイスを食べ終わるのを待っているとヨルカからメッセージが届く。

一緒に送られてきた画像を先に見た。

「ぶふぇあッ!?」

俺は盛大に吹き出す。

「どーしたの?」

映が不思議そうに俺を見る。

「いや、なんでもない……」

はち切れそうにバクバクしている心臓を押さえ、平静を装いながら俺はメッセージをしっかり確認する。

送り主は確かにヨルカだ。だが、その文面はヨルカではなかった。

ヨルカ:感謝してね彼氏クン　BYヨルちゃんの姉

送られてきた画像は水着姿のヨルカだった。

南国の白い砂浜に立つヨルカ。

おそらくヨルカのお姉さんがこっそり撮影したのだろう。

ヨルカの目線がカメラの方を向いていない。写真の手前側にはビーチパラソルの濃い影が落ちており、その下でチェアに寝そべっていたと思われる撮影者・ヨルカのお姉さんの美しいおみ足も見切れている。

「それにしても――」

ヨルカは息を呑むほどスタイル抜群である。身体は細いのにメリハリがしっかりしていた。

胸元のボリュームは言わずもがな、お尻もすごい。

あと割と水着の布の面積が少なめでビックリした。

先日我が家に泊まった時に触れたやわらかい肌の記憶が蘇り、生々しいほどに想像がついてしまう。

ヨルカのお姉さん、ほんとうにありがとうございますッ！

しばらくしてからヨルカからまたメッセージが届く。

ヨルカ：あの画像はお姉ちゃんが勝手に送っただけだから!!
今すぐ削除して!!　消して!!　お願いだから!!

どうやらお姉さんの悪戯に気づいたようだ。

すまん、画像は速攻保存した。

ゴールデンウィークも残すところあと一日。
昨晩のうちに帰宅した瀬名家は、各自思い思いに最終日をすごしていた。
両親は少し前に買い物に出かけて、夕方まで帰ってこない。
俺は特にすることもないので部屋着のままリビングのソファーでまったりしていた。

スマホで海外の天候をチェックすると、ヨルカの旅行先の天気は荒れ模様。

「帰りのフライトに影響でないといいな」

明日からまた学校だ。休みが終わるのは残念だが、ようやくヨルカに会える。

もう暇潰しの定番となってしまったヨルカの写真を眺めていると家のチャイムが鳴った。

「きー先輩、遊びましょう」

「小学生か！」

玄関先に出ると、私服姿の幸波紗夕が立っていた。

スポーティーでカジュアルながらも抜かりのないオシャレな格好だ。オーバーサイズのアウターをわざと着崩しており、左の白い肩が露わになっている。インナーのノースリーブシャツは裾が短く、おへそがちらりと見える。ボトムはかなり丈の短いショートパンツで、ほぼ太ももの付け根から細い足首までを惜しげもなく晒している。足元には底が厚めのボリューム感のあるスニーカー。

「わぁー気の抜けた休日スタイル。ジャージにTシャツって油断しすぎ」

「楽だから、これでいいんだよ」

「よくそれで人前に顔を出せましたね」

「宅配便だと思ったからなッ」

旅行中にきた紗夕からのラインはこのためか。

「サプラーイズってやつです。ご近所さんならではの気軽さで会いに来ました！」

紗夕は小首を傾げて、かわいらしく微笑む。

化粧や服装から見るに、気まぐれで我が家に寄ったわけではなさそうだ。

「さぁ着替えて、お出かけしましょう。どうせ最終日くらいお家でのんびりすごそうって思ってたんですよね。甘い、大甘です！　遊び倒してこそのお休みじゃないですか！　ほら、服を選べないなら私がコーディネートしますから。お邪魔しまーす」

「いや、ナチュラルに家に上がろうとすんな」

お邪魔します、とばかりに家の中に入ってくる。

「えー準備できるまで外で待ってろって言うんですか。鬼畜ぅ」

「そもそも行く、とさえ言ってないんだけど」

玄関で話していると「あー紗夕ちゃんだー！」と気づいた映が駆けてくる。

「映ちゃん！　元気？　今日も超キュートだね！」

両手を合わせながら喜ぶ映と紗夕。

こうやって紗夕と顔を合わせれば、いつもきゃいきゃい賑やかに話してた。

「きすみくんと紗夕ちゃん、どっか行くの？　映も一緒に連れてってよ」

映は仲良しの紗夕なら当然ＯＫしてくれると思っている。

「おいおい、映。無理なことを言ったらダメだろう。大人しく俺と一緒に留守番してような」

「え。ちょっときー先輩、マジで行かないんですか？」

「妹ひとり家に置いておけん」

「シスコン！」

「防犯意識が高いの」

「ぶぅ！　じゃあ映ちゃんも一緒に行きましょ！　それなら構いませんよね！」

ちょっとキレ気味に紗夕がゴリ押ししてくる。

「賛成！」とすかさず映が紗夕の味方につく。

「映ね、バドミントンの練習がしたい。最近友達とよく遊んでいるの！」

玄関の棚からバドミントンのラケットとシャトルを取り出して、アピールしてくる映。

子どもかッ！　あ、小学四年生だ。むしろガキで助かった。

紗夕も一瞬驚いたようだが「バドミントン賛成」と映にすぐ同調。余程、出かけたいらしい。

ふたりして、じーっと俺の顔を見る。

「……わかった。近所の公園くらいなら付き合う」

「さすが、きー先輩。映ちゃんには甘いですよねぇ！」

紗夕もそれで納得した。

「そうだ。土産、温泉饅頭買ってきたぞ」

「えー女子高生へのお土産に温泉饅頭ってどうなんですかぁ」

「嫌ならやらねえ」

「わーもらいます！　もらいますってば！　甘い物大好き！」

紗夕は慌てて下手に出る。

「映も食べたけど、美味しかったよ」

「そうなんだ！　映ちゃんのお墨付きなら食べるの楽しみだね」

紗夕と映は姉妹のように息ピッタリに笑い合う。

「着替えるついでに持ってくるよ」

「あ。炎天下で持ち歩くのも心配なんで、帰りにいただきます」

「了解」

俺はすぐに部屋に行って着替える。

今日はよく晴れているし、身体を動かすから暑くなるだろう。

選んだのは細身の黒いアンクルパンツにクルーネックの白いTシャツ、その上から薄手のジャケットを羽織ってセットアップ風に。足元には長年履いて足に馴染んだナイキの白いエアフォース1。

玄関に戻ると、紗夕は俺の格好をチェックする。

「スポーティーになりすぎない綺麗めシンプルコーデ、合格点はあげましょう」

「ファッションチェックするな」

「一緒にいる人がダサいとテンション下がるじゃないですか。ていうか、そのスニーカーまだ履いてるんですね」

「そうか、これ買った時は紗夕もいたんだっけ？」

運動部に所属していると、なにかと消耗品が多い。今履いているスニーカーもたまたま紗夕と買い物に行ったついでに買ったものだ。

「うわー悩んでたから、散々アドバイスしてオススメしてあげたのに忘れたんですか。ひどーい」

「気に入ってるから長く履いてるんだぜ。こまめに洗ったりもしてるし」

「そ、そりゃ私がオススメを外すなんてありえませんからね！」

すでに外に出た映の声に急かされて、俺達は公園に向かった。

第七話　その周回遅れの恋はやっと追いついて

家から歩いて五分くらいのところにある公園は都内の住宅地にありながら、そこそこ大きい。子どもが全力で鬼ごっこして走り回るのも余裕な広さだ。

俺も小さい頃はここでよく遊んだものだ。

映のリクエストでバドミントン。俺、紗夕、映の三人に対してラケットは二本。ふたりずつローテーションで遊ぶことになった。ベンチに座って、俺は最初に審判係。

木の枝を拾ってざっくりコートの大きさに線を引く。当然ネットがないので、そこは目測で。

十点先取で勝利というルールで、ゲームをはじめる。

「映ちゃん、行くよ！」

「オッケー、紗夕ちゃん！」

紗夕の運動神経は相変わらず抜群だ。専門外のバドミントンでも練習なしで難なくこなす。

綺麗にサーブが相手コートに飛んでいく。

対する映も負けていない。あの小学生特有の俊敏さを発揮し、紗夕のサーブを意外と鋭く打ち返す。

「お、やるね。映、ちゃんッ！」

「映はクラスで一番うまいんだよ！」

一番なら練習する必要ないじゃん、と俺は心の中でツッコむ。

ふたりとも平然と会話しながらラリーを続けているが、シャトルの行き交う速度はかなり速い。

紗夕も最初はレクリエーション感覚で手を抜いていたようだが、映の本気っぷりに感化されたのか、いまやマジで打ち返している。

映は全力を出せる相手にははしゃいでおり、笑いながらも遠慮なく攻めている。線の際をめがけて鋭いスマッシュを放った。

紗夕もバスケ部時代に鍛えた足腰で追いつき、ギリギリのところで打ち返す。

「え。おまえらレベル高くね。俺、無理なんですけど」

妹が予想以上に動けることに素直に驚いた。いつの間にこんな上手になったんだ。そういえば体育の成績も一年生の時からずっと5だったな。

「いや、こんだけ体力あるなら旅行中に俺におんぶさせるなよ」

「きすみくん、なんか言った？」

空中のシャトルを目で追いながら、映が訊き返す。

直後、放たれたスマッシュが紗夕のコートに突き刺さる。

全速力で走ったが、紗夕のラケットは惜しくも届かなかった。

「はいはい、審判！　今ギリギリ線の外でした。アウトです、アウト！」

紗夕がジャッジに異議を申し立てる。

「小学生相手にムキになるな。ちゃんとインしてたよ。はい、映の勝ち」

「やったー!!」

勝利に喜ぶ妹は無邪気に飛び跳ねる。

え、あんだけ動いたのに、そんなにジャンプできるの？　小学生の体力は底なしか。

「今の試合見ましたよね。映ちゃん、超レベル高いじゃないですか。ほんとうに小学生ですか？」

「おむつしてる時から一緒に暮らしてるから、間違いなく小学生だよ」

「最近の小学生ってすごいんですねぇ」

「結果に不満なら、もう一試合するか？　順番は譲るぞ」

「無理です、もうヘトヘト。一度休まないと身体もちませんよぉ」

ベンチに座る俺の横に紗夕が倒れこんでくる。

「はい、きー先輩の番ですよ。がんばってカッコイイところ見せてくださいね」と俺にラケットを渡してくる。

「映は休まなくていいのか？」

「大丈夫」とまだまだ余裕のある映はむしろ急かしてくる。

「勝てる気がしない。が、兄として負けるわけにはいかない」

正直、道具を使ったスポーツは苦手だ。

「きすみくん、手抜いてあげようか？」

「妹に劣る兄など存在しない！」

今ここに瀬名兄妹の意地とプライドをかけた戦いがはじまる。

「きー先輩も映ちゃんもがんばれ！」

紗夕の声援を合図に、映がサーブ。俺はシャトルの軌道を追いながら、落下地点まで移動してラケットを力強く振るう。

が、ラケットは盛大に空を切り、シャトルはコートにインしていた。

「……映ちゃん、一点。これは圧勝っぽいですねぇ」

紗夕の予言通り、俺は妹に大差をつけられて敗北したのであった。

「無闇に悔しい」

「きすみくんもよくがんばったね」と小学四年生に慰められる始末。

「だから、お兄ちゃんと呼べと……」

第三試合は俺と紗夕の対決になった。

「いよいよ白黒つける時が来ましたね。この勝負、私のいただきです」

「全敗だけは絶対回避する！」

負けられない戦いだった。

俺も映との試合でコツを掴み、紗夕相手にはなんとかラリーが続くようになった。

「映ちゃんにはッ、手加減、してたんですか？　さっきより上達、してません？」

「そっちこそッ、受験勉強明けの割には、素早く動ける、なッ！」

「きー先輩こそ、バスケ部辞めたくせに、案外やります、ねッ！」

「紗夕だけには、負けられないんだよッ！」

ラリーが延々と続く。

暑い。汗かいてきた。五月なのに夏みたいな陽気だ。

俺渾身のスマッシュが決まる。これで同点に並んだ。まだ勝つチャンスは残ってる。

「女子相手に容赦ないですね」

「俺が接待試合したって、おまえ喜ばないだろ？」

「――。よくわかってるじゃないですか」

紗夕は嬉しそうに笑う。

「ねぇ、きー先輩。この勝負、勝った方にごほうびってどうですか？」

「いいぜ。じゃあ俺が勝ったら、飲み物おごりな。紗夕は？」

「私は――」

紗夕は唇をかすかに震わせ、それから希望を伝えてくる。

「私が勝ったら、その後の私の言葉をぜんぶ、ほんとうだって信じてください」

「……よくわからんが、そんなんでいいのか？」

「そんなんでいいんです。いつもの冗談や嘘じゃないって、本気と思って聞いてください」

紗夕の表情は真剣そのもの。俺をからかって遊ぶ気は微塵もない。中学時代、バスケ部で一生懸命練習していた時の雰囲気そのものだ。

「おら！」

「せい！」

「ふん！」

「えい！」

一進一退の攻防。

どちらも全力で勝とうとしていた。シャトルが落ちそうなギリギリを、紗夕は執念で掬い上げる。俺のミスを見逃さず、的確にスマッシュを打ちこむ。

大接戦の末、勝利したのは紗夕だった。

「わーい。私の勝ち！」

「畜生。負けたか。この勝負だけは勝っておきたかったのに」

うつむくと、汗がしたたる。どれだけ長い時間戦っていたのだ。

あー疲れた、と俺はベンチに座りこむ。

「ちょっと休憩しよう。さすがに水分とらないと危ない」

「そしたら映ちゃん。あそこのコンビニで飲み物買ってきてくれる？　私ときー先輩はお水ね。映ちゃんはお菓子でもアイスでも好きなもの買っていいよ」

「わかった！」

紗夕からお金を受け取った映は、公園から目と鼻の先にあるコンビニに向かった。

「それくらい出すよ」と自分の財布に手を伸ばそうとする。

「勝者からの施しです。黙って受け取ってください。その代わり、試合の時に言ったこと覚えてますよね？」

「ほんとうだって信じろ、だろ。一体なにを言われるんだか」

暑ぃ、と俺はシャツの襟首をパタパタさせて、少しでも涼感を求めた。

「……──、紗夕？」

ふと違和感を覚える。俺の前に立ち、真剣な顔をした後輩女子を見た。

「瀬名希墨さん、好きです。私と付き合ってください」

陽射しと暑さで頬を赤くしながら、紗夕は告白をしてきた。

いつもみたいな嘘告白とは違う。

彼女の今の言葉には冗談めかすような含み笑いもない。

代わりに、すごく緊張しているのが手に取るようにわかった。

「おふざけ、じゃないんだよな?」

「いつまでも中学時代の後輩じゃありません。気軽で気楽で気安い年下の女の子。そんなのは、もうおしまいです」

「なんで今さら?」

俺は混乱する。

家が近所で部活も一緒。中学時代はそれなりに多くの時間を幸波紗夕とすごしてきた。

だからといって紗夕に特別な感情を抱いたことはない。

「……仕方ないじゃないですか。きー先輩に会えなくなって、やっと本気で好きだって気づいちゃったんですから」

「会えなくなってって俺が卒業してからか?」

「正確には部活を引退してからですね。朝練のお迎えがなくなって、部活終わってからの帰り道もひとりだと毎日妙にさびしくて物足りないんですよ」

「紗夕なら友達が多いから、いくらでも他の人がいただろ」

「私も最初はそうだと思ってたけど、違いました。友達じゃダメなんです。それに気づいて、ようやく瀬名希墨が特別な男の人だって自覚したんです」

「けど、部活引退しても廊下ですれ違えば立ち話くらいしてたよな？　全然そんな気配を感じなかったんだけど」

それでも卒業まではちょこちょこ話はしていた。

受験勉強もあり、どうあっても紗夕と会う頻度は減った。

……あの頃から、こいつが俺のことを好きだったたって？

嘘だろう。

「それはだって、きー先輩があまりにも近すぎて、馴染みすぎて。いざふたりで話すといつも通りの私に戻されちゃうからですよ」

「紗夕なら好きって自覚すれば自分からアプローチしそうだけど……」

「だから、その認識が間違ってるんです！」

「……すまん」

今告白している彼女は俺の中の幸波紗夕ではない。

先輩後輩として積み重ねた日々から作り上げられた紗夕というイメージ。

だが俺の知っている紗夕の人となりは、どこまでいっても表層にすぎないのだろう。

人の内面、特に恋心は容易に明かせるものではない。

どれだけ親しくても本心を打ち明けるのは難しい。

俺にとって高嶺の花な有坂ヨルカが、実は俺と両想いだったように。

クラス委員の相棒である支倉朝姫が、密かに俺を好きでいたように。

親しいクラスメイトの宮内ひなかが、俺への好意を隠していたように。

中学校からの後輩である幸波紗夕が、片想いをしていても不思議ではない。

だから、俺は彼女の気持ちをしっかり受け止めなければならないのだ。

「好かれることはあっても、自分から本気で好きになったのってはじめてだから。そんな簡単に告白なんてできないです」

「あぁ」

「ひとりで朝練行くようになっても毎朝、きー先輩の家の前を通ってから学校行ってました。もしかしたら窓から顔出したりしないかなって」

中学に行くなら俺の家に寄るのは遠回りになる。まさか、そんなことまでしてたとは。

「自分ばっか寝ててズルいぞ～みたいなノリで朝から電話かけてきそうだけどな」

「それやったら怒るでしょう？」

「もちろん」

「それがわかってるから嫌われるかもって、なにもできなかったんですよ」

今明かされる乙女の純真。

「きー先輩、永聖に入学するために超本気で勉強してたじゃないですか？　邪魔しちゃ悪いと思って」

「いやまぁ、そこは気を遣ってくれてありがとう。おかげで合格できたよ」

それは間違いない。当時の俺の学力では永聖高等学校への入学は限りなく難しかった。

周囲からも無理と言われたからこそ、意地になって勉強した。当時通っていた塾の講師が大変教えるのが上手だったおかげもあり、なんとか合格できた。

「受験終わったら、今度こそアプローチできるぞって気合い入れて待ってたんですよ。でも、きー先輩の合格が決まったら急にビビっちゃって。意識しすぎて、結局なにもできないまま卒業式になっちゃって……」

今語られる驚愕のバックストーリーに、俺は呆然とするしかなかった。

幸波紗夕は本気で俺が好き。

「あー覚悟決めてきましたけど、やっぱメチャクチャ恥ずかしいですね！」

紗夕はついに耐え切れなくなったように、無理に笑う。

「なんなんですか、この辱め。ここぞとばかりに私の過去を暴露させて！」

紗夕は目をぐるんぐるんさせて俺をポカポカ叩いてくる。

「俺も結構恥ずかしいんだぞ」

「……あ。すみません」

お互いの近さに我に返った紗夕は、しおらしく俺の隣に座る。

「……紗夕は今みたいにずっと緊張してたんだな」

紗夕は顔を真っ赤にして、こくりと頷く。

「――三年生になって告白しようとは思ったんです。だから、引退試合の応援に来てくださいって連絡したのに……。他のどうでもいい人は来ても、きー先輩だけがいなくて」

あの引退試合の連絡の真の目的は俺に応援してもらうことではなく、紗夕が俺に告白することだったとは。

「紗夕。今さらで遅すぎるけど謝るよ。返事できなくてごめん。応援に行けなくてごめん」

「いいですって、私も少し誤解してました。去年の夏がきー先輩にとって、本気でしんどかったのはこの前のカラオケでわかりましたから」

「応援に俺が行かなかったのに、気持ちは変わらなかったのか？」

「私が一番ビックリですよ。告白し損ねたんだから、怒って嫌いになればいいのに……どうしても無理でした」

紗夕は他人事のように呟く。

「じゃあ同じ高校に入ってきたのもか？　制服が理由っていうのも嘘、なのか……？」

「こっ、この取り調べ、精神的にキツイですすッ！」

「紗夕、今は自分で希望したごほうびタイムだろ！」

ここで退かせたら、すべてが有耶無耶になる。そう思った俺は自ら訊きに行く。

「ぶぅ！　私をイジメて楽しいですか？」

紗夕は最初の勢いや覚悟が揺らぎつつあった。

「永聖入学を黙っていたのは？」

「た、タイミングを窺ってたんです！　きー先輩に会いに行かなきゃと思ってたら、ヨル先輩との恋人宣言なんて事態になって……」

長い片想い。苦手な勉強をがんばり同じ高校に入学。

その末に現れた恋のライバルが、あのヨルカでは怯むのがふつうだ。

だけど、紗夕は俺の前にまた現れた。

そして今日、嘘告白ではない本気の告白をしてくれた。

汗は止まらないのに、緊張で俺の指先は冷たい。

わずかな沈黙を置いてから俺は質問する。

「――それでも恋人がいる俺に、告白するのか？」

「今は私にとってのごほうびタイムなんです。止めませんよ」

紗夕もまた怯みそうになった自分を鼓舞するように、強く出る。

「ヨル先輩はそんじょそこらの美人とは次元が違うんですよ。同じ高校生とは思えません。芸能人が紛れてるようなものです。……いつか、きー先輩は振られますよ」

「おまえはヨルカのことを知らないから……」

「冷静になってください！　高校生の恋愛がずっと続きますか？　愛情だけで繋ぎとめられると思いますか？　現実はそんな簡単じゃないですよ！」

「人それぞれだ。紗夕には関係ない」

「好きな人には傷ついてほしくないんです！」

紗夕は声を張り上げる。

「……おまえが、勝手に俺の未来を決めるなよ」

「恋して浮かれてるきー先輩には現実が見えてないんですよ」

「いつか別れるだろうから傷つく前に、自分と付き合えって？　強引すぎるだろ。そんな未来のこと一体誰がわかる？」

「それでもッ！　私は、きー先輩の側にいたいんですッ！　話せなくなるのが嫌なんです！」

俺はもう紗夕を直視できない。

「いくら紗夕でも、俺の恋人を悪く言うなら今までみたいにはもういかないな……」

俺だって紗夕とまた疎遠になるのは残念だ。

悲しいけれど、こうなってしまっては難しい。

中途半端な態度は余計に紗夕を傷つけてしまう。

気持ちに応えられない以上、潔く関係を断つしかない。

「――じゃあ悪く言わないから、好きにさせてもらいます」

「？」

訊き返す前に、俺はベンチに押し倒されていた。

「え、待って。なに、どういうこと？」

「そう簡単に喧嘩別れで、自分だけスッキリさせませんよ」

俺を上から押さえつける紗夕は白い歯を見せて、獰猛に笑う。

「いいですよ。ヨル先輩を傷つけたくないんですよね？　きー先輩の意志はわかりました」

「わかってない！　多分なにもわかってないって！」

「私も私の意志を押し通します！　もうどうなろうと知ったことじゃありません！」

紗夕は俺に馬乗りになり、両手で肩を押さえつけてくる。

「待て待て！　真っ昼間からなにやるつもりだ！　ここ公園ッ！　映も帰ってくる！」

「もう待てません！　強引にいきます！　今！　ここで！　キスします！　既成事実です！」

決意表明と同時に、紗夕は顔を近づけてくる。

俺の胸に重ねられている紗夕の身体はとても熱くてしっとりしていた。

「自分を安売りするなッ！」

「私はきー先輩にファーストキスをあげたいんです」

接近する紗夕の目がゆっくり閉じられていく。

「大丈夫、きー先輩さえ黙っていれば問題ないです。私も秘密にしますから」

なりふり構わず強引に攻めてくる紗夕。

頭の芯が痺れるような甘い誘惑。

男の克己心を試す女性の密着。

目の前に迫るのは少女の顔。

動揺を誘う汗ばんだ香り。

紗夕の影が陽光を遮る。

受け入れてしまえ。

悩む必要はない。

さぁ楽になれ。

秘密なんだ。

唇が近い。

「────ッ」

俺は咄嗟に摑んだラケットを自分の顔の前に持ってきて、唇を重ねようとする紗夕を遮った。

「……この防御ひどくありません？」

「非常事態につき、手段を選べなかった」

「嫌なら突き飛ばせばいいのに」と紗夕はそっと離れる。

「そんなことできるか」

俺はベンチから身体を起こす。

「動揺してましたよね」

「慣れてないんだよ、こういうことは」

「……そんな、ほっとしないでくださいよ。また傷つくじゃないですか」

「紗夕」

「いいんです。私が勝手に長期戦を選びましたから」

顔を伏せた紗夕は髪に隠れて、どんな表情をしているのかわからない。

「まだ続けるのか？」

「私の気持ちは変わりませんよ！　今の、惜しかったけど私もすごくドキドキしました」

「紗夕！」

「結論はきー先輩に任せます。できれば両想いで、ふつうの恋人になりたいですけど」

「だから、俺は」

「近くにいたいんです」

そう訴えた紗夕の顔を見てしまい、俺は思わず言葉を詰まらせる。

「紗夕ちゃーん、きすみくーん。買ってきたよぉ――！」

映がコンビニのレジ袋をぶら下げて、こちらに走ってくる。

「今日は帰りますね。また学校で」

紗夕は背を向け、戻ってきた映から自分の飲み物だけをもらって公園を出ていった。

「紗夕ちゃん、どうしたの？　帰っちゃうんだ？」

「なんか急に用事ができたんだってさ」

俺は適当に誤魔化す。

「ふーん。嬉しいことでもあったのかな」

「え？」

「紗夕ちゃん、泣きながら笑ってた」

「……映。水ちょうだい」

握りっぱなしだったラケットをベンチに置き、冷えたミネラルウォーターを一気に呷った。

程なくスマホからラインの着信音が鳴る。


紗夕：ＯＫの返事ならずっと待ってます。

ヨル先輩に相談するならご自由にどうぞ。

あ、嫉妬されないように気をつけてくださいね（笑）

「（笑）じゃねえぞ！」

告白の返事を待たされたことはあっても、告白の言い逃げをされるのははじめてだった。

◇◇◇

紗夕に告白された後、俺はどうしたものかと思い悩んだ。

いや、結論だけは決まっている。

俺の恋人はヨルカだ。

それが覆ることはない。

ただ、俺は紗夕の顔を見たあの瞬間、躊躇ってしまったのだ。

映が来ようともあの場で即座に言うべきだった。

先延ばしした分、もう一度紗夕と真剣に向き合う段取りをしなければならなくなった。

そのために生じる精神的な消耗や今後の対応を思うだけで気が重かった。

相手の真剣な気持ちをないがしろにはできない。

もはやバドミントンなど上の空になり、映と一回試合をしたがまともな勝負にならなかった。

大差で圧勝した映は歯応えのない俺に怒るよりも、逆に心配した。

「きすみくん、なんか変だよ。お家帰ろうか」

「悪い、そうさせて」

「うん。ラケットも映が持ってあげるよ」

小学生の妹にやたら気を遣われ、珍しく手を繋いで帰ってしまった。

家に帰ると、紗夕に渡すはずだったお土産が玄関に置かれたままだった。

俺は部屋に籠もって、ベッドに倒れこむ。

「とんでもない爆弾を落としていきやがって……」

ゴールデンウィーク中、恋人は海外旅行で会えない。

さびしさが募っているタイミングで玉砕覚悟の告白。

既成事実を作るために強引にキス。

しかも俺さえ黙っていればいいなんて秘密の関係を持ちかけてくるとは。

「あんな無茶なことをするくらい、紗夕が思い詰めてたなんて」

全然気づかなかった。心が痛む。

きっと紗夕はこの俺の罪悪感まで見越した上で告白したのだろう。

そうやって揺さぶり、大胆な行動に出ることで関係性を強引に変えようとした。

無理に押せばどうにかなる男。

中学時代の俺ならば舞い上がって、恥ずかしがりながらも受け入れただろう。

「そりゃ基本的なところは変わんないけどさ、昔と同じと思ったなら見くびりすぎだぞ」

——俺だって成長しているのだ。

果たして再会した紗夕が、数回会っただけで俺の変化を正しく見抜けるのか。

もしも理解していたとして、失恋するとわかった上で告白をする意味とは――

「……――告白の結果よりも告白自体が大切なのか」

なんとなくあの後輩ならそう考えるだろうと思った。

紗夕は去年の引退試合で想いを告げることができず、今日まで来てしまった。

「なら、きちんと白黒つけないと」

俺達は高校生になった。

もう、あの頃には戻れない。

「お土産、渡しそびれたからな」

紗夕の告白を断る。そう決めた。

あいつが直接想いを伝えてくれた以上、俺も面と向かって伝えようと思った。

夜遅く、ヨルカからラインが届く。

俺は紗夕の件に区切りをつけるまではと、あえてメッセージを開かなかった。

第八話　嘘

翌朝、俺はいつもより早起きして幸波家の前で、紗夕が出てくるのを待ち構えた。

片手には昨日渡し損ねたお土産の入った紙袋。

文句を言われたところで、これが会うための口実だ。

そうしてこの後の展開をシミュレーションしてると、幸波家の玄関の扉が突然開いた。

現れたのは紗夕――そっくりのお母さんだった。

「あれ、希墨くん？　どうしたの！　元気してた！」

朝のゴミ捨てに出てきた紗夕のお母さんは俺に気づくや否や、つっかけたサンダルで小走りに近づいてくる。

「お久しぶりです。あ、ゴミ捨てですよね。手伝いますよ」

「あら、悪いってば」

「今さら遠慮しないでください」

ゴミ袋を受け取り、近くの電柱まで運んでいく。

「希墨くんに手伝ってもらうのも何年振りかしらねぇ。会えて嬉しい！　希墨くんずいぶん背が伸びたわね。男の子って、こんなに成長するんだぁ。今からでも紗夕に弟をつくろうかしら。あ、もちろん冗談よ。ウフフ」

娘の知人である俺に対してお友達感覚で接してくるのが、紗夕のお母さんだった。

相変わらずとても高校生の娘がいるようには見えない。

その若々しい容姿は、娘とふたり街を歩けば姉妹ですかと言われるレベルだ。

おしゃべりが大好きで、中学時代は紗夕が支度する間にこうして朝の立ち話をしたものだ。

「今日はどうしたの？　まさか私に会いに来てくれたの？　そうだったら嬉しいわ」

「おはようございます。俺も会えて嬉しいですよ。あ、これ先日家族旅行に行ったお土産です。よかったらどうぞ」

俺はとりあえず紗夕のお母さんに手渡す。

「ありがとう！　あ、温泉饅頭！　今日のおやつはこれで決まりね」

「ところで、紗夕います？」

「あら。紗夕ちゃんなら今朝はずいぶん早く家を出たけど」

「もう登校したんですか？　なんで？」

「なんでだろうねぇ」

「紗夕って昔はあんなに寝坊してたのに早起きできるようになったんですね」

「そんなことないわよ。紗夕ちゃん、小さい頃から寝起きがすごくいい子なのよ」

紗夕のお母さんはさらっと聞き捨てならないことを言った。

「え？　どういうことですか？」

「……──、あ。これは希墨くんには言っちゃいけないやつだった。紗夕ちゃんから口止めされてたのに。けど、もう時効よね。黙っていてごめんなさい」

やってしまったと無邪気なノリで紗夕のお母さん。

紗夕は早起きが得意だって？

「えーっと、じゃあ。紗夕が朝起きれないから朝練に来れないっていうのは……」

俺は恐る恐る訊ねる。

「あの子、昔から早起きなのよ。朝はいつも余裕をもって起きてたから、最初は単純に朝練に行きたくなかったみたいよ。けど、希墨くんが迎えに来てくれるようになって嫌々だったのが、段々楽しくなってって。だから希墨くんのお迎えがなくなってすごくショックだったみたい」

「はぁ。そう、なんですね」

「引退試合も希墨くんが応援に来てくれるのを楽しみにしてたんだけどね。都合がつかなかったなら仕方ないものね」

「……………」

「そうそう。だから急に高校は永聖行きたいって言い出した時はびっくりしたわ。紗夕ちゃん、お勉強苦手なのに一生懸命にがんばったのよ。これも希墨くんのおかげね」

紗夕のお母さんは目を細めて微笑む。

「……俺は、なにもしてません。紗夕が自力でがんばった結果ですよ」

「それでもあの子にきっかけをくれたのは希墨くんよ。ありがとう」

紗夕のお母さんはぜんぶ知っている。たぶん、そんな気がした。

「希墨くん、高校で彼女できたんだって？」

「はい」

「うちの子より美人？」

「心底惚れた女の子が世界で一番美人です」

「フフフ、百点満点の答え方ね」

「すいません」

「いいのいいの。あの子はいい青春してるわね。きっと、いい思い出になるわ」

俺は幸波家を後にして、そのまま学校へ向かう。

人気のない住宅地をひとりで歩く。

まだ始業までかなり時間があるので急ぐ必要はない。なのに俺の歩調は段々と速くなりはじめ、すぐに苛立ち交じりの早足に変わった。

「人を散々振り回して」

思わず不平を漏らす。

「しかも自分で告白しておいて、逃げてるんじゃねえよ」

気づいたら走っていた。

「なにが嘘告白だ。なにが朝苦手だ！　ほんとうに、ぜんぶ嘘じゃねえか!!」

幸波紗夕だと思っていた女の子の正体は全然違っていた。

「嘘をつくならつきとおせよ！　手遅れなのを知ってるくせに」

俺は行き場のない怒りを走ることで必死に消そうとした。

「失恋するってわかって告白して、また先延ばしにする気かよ！」

元々誰が悪いわけでもない。

あの頃の俺は鈍くて、紗夕が嘘つきで。

その嘘さえ元を辿れば、ただの照れ隠しだ。

気兼ねない友達のような先輩後輩の関係が当たり前すぎて、それ以上の変化なんて考えもしなかった。

部活を引退した俺は、受験勉強に集中してたから恋愛なんて眼中になかった。

そして永聖高等学校に入り、有坂ヨルカに恋をした。

皮肉なことに俺とすれ違うたびに紗夕は本来の行動力を取り戻していく。

俺が引退試合に応援に来なかったから、自分から会いに行くとばかりに紗夕は永聖高等学校に合格した。

だけど追いついた時には、俺はもうヨルカと付き合っていた。
学校に着く。俺は紗夕にラインを送る。
希墨：今どこだ？
紗夕：まだベッドの上です。眠い。
幸波家を訪れた俺は彼女が自宅にいないのを知っている。それなのに嘘をつくということは、紗夕のお母さんは連絡していないということだ。
俺はあえて紗夕の嘘に乗ることにした。
希墨：どんだけ朝弱いんだよ。おまえ寝すぎ。
紗夕：仕方ないじゃないですか。きー先輩が迎えに来るなら、早く起きれるかも。
希墨：じゃあ今日は特別に行ってやるよ。
紗夕：寝起きの紗夕ちゃんの顔を見たいなんて、きー先輩も変態さんだなぁ。
希墨：誰が変態だ。
紗夕：はいはい。じゃあこれから朝ごはんなので失礼しまーす！
そうやってラインは一方的に打ち切られる。だが――
「朝ごはんがなんだって？　今朝はずいぶん早起きみたいだな、紗夕」
「えっ……どうして、ここにいるんですか？」
一年生の自分の教室に突然現れた俺に、驚く紗夕。完全にフリーズしている。

ラインをしながら俺は上履きに履き替え、大急ぎで一年生の教室まで駆け上がっていた。

「話をしよう。今度こそ、ぜんぶ、ほんとうのことだけだ」

もう嘘は通じない。

教室ではいつ誰が来るかわからないので屋上まで移動した。

誰もいない屋上は見晴らしがよく、眼下のグラウンドからは朝練に精を出すサッカー部の声が聞こえる。爽やかな朝の空気を深く吸いこむ。

五月の空は青くて気持ちがいい。

「なんでもう学校にいるんですか？」

「さっき、おまえの家に寄ったんだよ。そしたら紗夕のお母さんが色々教えてくれてな」

「もう～ママったら！」

「俺が勝手に訊いたんだ。責めないでくれ」

「昨日の今日で早起きしてまで会いに来るなんて、どんだけ私のこと好きなんですかぁ」

「あぁ。俺は好きだぞ、紗夕のこと」

「うえっ⁉」

紗夕は素っ頓狂な声を上げた。

「な、なにを突然言い出すんですか？　どんな企みが？」

「公園での出来事があって、よく考えたんだ。幸波紗夕は俺にとってどんな女の子だったのか」

「いい刺激だったみたいですね」

「あぁ。今までで一番とびきりのな。で、わかった」

「はい」

「俺達はさ、よく一緒にいた。それは先輩後輩とか関係なしに、そもそも気が合ってたんだ」

「私もそう思います」

「多分さ、中学時代に紗夕に彼氏ができたら、あの頃の俺は結構さびしがっていたと思う。そのくらいには、おまえといる時間は楽しかったんだ」

あの他愛もない、無邪気な日々。

そうやって俺は誠心誠意、自分の本音を言葉にしていく。

「や、やっと素直になりましたね」

紗夕は頬が緩むのを、辛うじてこらえているようだった。

「実際、中学時代で一番話した異性は紗夕だ」

クラスメイトの女子より、よっぽどたくさんの言葉を交わしたのは間違いない。

「きー先輩の相手してあげるやさしい女の子なんて、私以外いませんでしたもんね」

「そうだな」

俺は正直に認める。

「あ、あの、きー先輩。ちょっと、待って。あんまり素直すぎるとなんか、想定と違うから、その……」

俺が喋れば喋るほど、紗夕の顔が赤くなっていく。

「なんで今さら慌ててるんだよ。嫌ならもう結論を言うぞ」

「あーなんか焦ることもないかなぁ。また別の機会にしません？」

逃げ出そうとする紗夕の手首を俺は掴む。

「ご、強引ですねぇ。返事はずっと待つって言ってるのに」

平静な口振りを保ちながらも、紗夕は身をよじり、俺の手を振り払おうとする。

「嘘はなしだ。誤魔化しも」

「きー先輩、離してッ！」

「紗夕」

「嫌だ、聞きたくない！」

「それでも俺が一番大事にしたいのはヨルカだ。だから、おまえの気持ちには応えられない」

紗夕は必死に離れようとして暴れていたのをピタリと止めて、急に大人しくなる。

顔を背け、髪も乱れているので今紗夕がどんな表情をしているのかまったくわからない。

「これが、俺の答えだ」

言った。

包み隠さず本気の言葉で打ち明けた。

白黒をつけて、俺達の中学時代を終わらせる。

それがどんな変化を呼ぶのであれ、もう答えを先延ばしにはできなかった。

「そりゃ夢中なのはわかりますよ！　ヨル先輩、綺麗だもの！　今は幸せでしょう！　けど、どう見ても、どう考えても、きー先輩とヨル先輩は釣り合いません！　いつか必ず別れます！」

「最初から別れることを考えてたら、誰も好きになれないって」

「相手のレベルが高すぎるんです！」

「その無謀さに可能性を感じられるくらい、ヨルカは俺を好きでいてくれる」

「何度でも言います！　ふつうでいいじゃないですか。高望みして傷つくのは自分でしょ！」

罵倒じみた言葉を浴びても、俺は態度を変えない。

「紗夕も特別だよ。こんなかわいい女の子に告白してもらえて嬉しかった」

「今さら、お世辞なんていらないんですよ！　私をかわいいって思うなら、中学の時にさっさと告白してくださいってば！」

「…………」

「きー先輩、わかってますか？　自分の首を絞めているんですよ」

「なにが？」

「クラス委員として接して、相手に合わせるのが上手なきー先輩しかいないから、ヨル先輩は付き合ったんです。だけどヨル先輩が当たり前のように他人と話せるようになったら、平凡なきー先輩を頼る必要なくなっちゃうんですよ？　捨てられちゃう可能性を自分で引き上げてるなんて……バカみたい」

紗夕が思い描くコミュニケーション能力を身につけたヨルカは確かに無敵だろう。

パーフェクト・ヨルカ。そこに欠点は見当たらない。

「ヨル先輩みたいな美人は、いくらでも好きに相手を選べるんです。もっとすごくて、もっとやさしくて、もっとかっこいい人に口説かれて——」

「未来は断言できないって。紗夕も高校に入った俺に恋人ができるなんて思わなかっただろ？」

「ずるいですよ、自分ばかり先に行って」

ボソリと暗い声で紗夕は呟く。

「おまえにとって有坂ヨルカは完璧な女に見えるかもしれない。けど、俺が知ってるヨルカは違う。ほっとけないし、頼りないし、だから力になってあげたいんだ」

「そうやっていつもみたいに世話焼いて、好きになったわけですよね？　私の時となにが違うの？　どうしてヨル先輩にだけ告白したんですか！」

「紗夕。俺は」

「……もういいです、きー先輩の気持ちはわかりました。手を離してくれて大丈夫です」

紗夕はゆっくりと顔を上げ、俺と向き合う。

「ハンカチ。まだ使ってないから綺麗だ」

俺はそっと手を離す。そして泣いている紗夕にハンカチを差し出した。

「きー先輩も、用意がいいんですね」

ボソリと呟いて、紗夕はハンカチを叩き落とす。

怒っているはずなのに彼女の声は冷たい。

「紗夕」

「ねぇ、きー先輩。ヨル先輩の朝帰りの噂あったじゃないですか？」

「それがどうした？」

「あんな噂が学校中に流れて、正直どう思いました？」

「そりゃ恋人としては腹も立ったさ。誰だって不本意な噂を流されたら気分悪いのは当然じゃないか」

「でも、火のない所に煙は立たないって言うじゃありませんか」

「噂なんて真に受けるなって。あれは別人だったんだろ」

神崎先生の手による別人説の筋書きに沿った答えを返す。

「──それこそ大嘘ですよね」

紗夕の声には確信がこもっていた。

「どうしてそう思うんだよ？」


「だって、あの噂を流したの──私なんですよ」

紗夕は底意地の悪そうな歪んだ笑いを口元に浮かべていた。

「今さら、しょうもない嘘を言うなって」

俺はまともに取り合うつもりはない。

「もう面倒な嘘はつきませんってば」

挑発するように嘲りと怒りをにじませた声。

そして、紗夕は三文芝居の犯人役のごとく饒舌に語り出した。

「あの土曜日の朝、手を繋いで歩いてるふたりを近所で偶然見かけちゃったんです。まさかと思って、そのままこっそり追って、駅でお別れするまでずっと見てました。あの人嫌いの有坂ヨルカが男の人と手を繋いでるだけでも驚きなのに、相手がきー先輩だなんて。私、ショックで死んじゃうかと思いましたよ」

わざとらしい頭の悪そうな喋り方。

「俺達を見かけて、どうしたんだってんだよ？」

「恋しさ余って憎さ百倍、みたいな。ちょうど茶道部の活動日で顔を出す予定だったので、気づいたら色んな人に伝わってました。いやぁ嫉妬って恐いですねぇ」

「それで、開き直って俺に声をかけてきたのか」

恋人宣言後の放課後、神崎先生の説教から解放された直後にタイミングよく現れた紗夕。

あれは偶然ではない。

懐かしの再会は、すべて紗夕によって仕組まれた必然だった。

「そういうことです！　私の計画では朝帰りの噂が原因でヨル先輩と別れる。傷心のきー先輩との劇的な再会、そして告白。めでたく長年の片想いが実る——はずだったのになぁ」

大仰な身振りを交えて語りながらも、最後は力尽きたみたいにパタリと両腕を下ろす。

「まさか恋人宣言とは恐れ入りました。私の上を行くなんて、きー先輩も中々やりますねぇ」

まるで自分を責めろと言わんばかりの語り方だった。

「そんな性悪な態度、紗夕には似合わねぇよ」

「幻滅しましたよね？　めでたく噂を流した犯人もわかったことですし——どうします？」

紗夕は挑発気味に問う。

「またおまえが嘘をついてる可能性だってあるだろう」

「お人好しだな、きー先輩は。まぁそこが好きだったんですけどね」

「紗夕の言葉は真に受けないようにしてるからな」

「けど、ほんとうです」

「紗夕が犯人だって証拠もない！」

俺は信じたくなくて、思わず声を張る。

「……証拠ならありますよ。茶道部の顧問の先生なら、きっと知ってます」

「神崎先生が？」

急に自分の担任の名前が出てきて、一瞬理解できなかった。

「あとは自分で確かめてください。怒ることもできない弱虫のきー先輩」

嘲るように言い残して、屋上を去ろうとする紗夕。

「紗夕！　なんで、わざわざ打ち明けた？」

「──せめて叶わない恋なら、忘れられないくらい嫌われたいんです。そうやって相手の傷として刻まれていたい。そう思っただけです」

振り返る紗夕の横顔に、俺の知っている快活さはない。

俺を見る冷めた眼差しは虚ろだった。

これでおしまい。

彼女はそう決めて実行した。

失恋するための告白。傷つけるための告白。忘れさせないための告白。

俺達はもう過去には戻れない。

屋上の扉が閉じられ、俺はひとり立ちつくす。

「それはさすがにきついって」

屋上のフェンスにもたれかかってしまう。

告白を断るという慣れぬ難行の最後に待っていた仕打ち。

縁が切れるだけではなく、これまでの楽しい思い出さえ変質させてしまう暴露。

どれだけ爽やかな朝の空気を吸いこもうとしても上手くいかない。

この胸のよどみがスッキリする方法があれば教えてくれ。

行き場のない感情に締め上げられて、俺はフェンスの金網を強く握る。

ふと俺は昨夜ヨルカから届いていたメッセージを思い出す。

スマホを取り出し、メッセージの内容を確認した。

ヨルカ：天候不良でフライト遅れたから、明日の学校に間に合わない。

「嘘だろう……」

ショックすぎて返事をすることさえままならない。ゴールデンウィークが明けて、やっとヨルカに会えると思ったのに彼女はいまだ機上の人だ。

まさかの追い打ちに、全身の力が抜けてしまった。

「起立ぅ！　気をつけぇ！　礼ッ！　着席！」

「……瀬名さん、なんで今朝はそんなにテンション高めなんですか？」

朝のホームルーム。

俺がいつになく高らかに号令をかけたのを、神崎先生は不審がる。

「別に！　特になにもありません！」

先生は怪訝そうに俺を見つつも、その場で深くは追及しなかった。

事務的な連絡事項と休み明けの一言を述べると、先生はいつもより手短にホームルームを終わらせる。

屋上での紗夕とのやりとりに、俺は一日分の気力と体力をすでに使い切っていた。

空元気で無理やりテンションを上げて、今日一日を乗り切ろうとする。

「スミスミ、今日はなんだか変だよ？」

「もしかして休み中に有坂ちゃんに振られたか？　学校も休んでるみたいだし」

一時間目がはじまる前に、みやちーと七村が俺の机に寄ってくる。

「ヨルカは帰りの飛行機が遅れてるだけだ！　振られてない！　ふざけんな！」

「……フッ、さすが彼氏。ちゃんと把握してるわけだ」

七村はヒューと口笛を吹く。ハリウッド映画のアメリカ人か。

「当たり前だろ」

「まぁ、長い休み明けで恋人に会えなくてざまぁ」

「褒めて落とすな！」

俺は七村の腹に拳を打ちこむ。やっぱり鋼のように硬く、こっちの手の方が痛い。

「でも、明日までに元に戻らないとヨルヨルが心配するよ？」

みやちーがこちらの目をじっと見てくる。

心配してくれるが詳細は訊いてこない。その気遣いがありがたかった。

「わかってる」

「その返事、聞いたからね！　ちゃんとしないとダメだぞ」

「宮内は瀬名に甘いな。もっと根掘り葉掘り訊いて、弄り倒そうぜ」

「ダメ！　今は冗談でもそれはしちゃいけない時なの」

「エスパーかよ。え、なに、そんなにピンチなの？」

七村もおふざけの気配を収めて、こっちを見てくる。

ふたりに助けを求めれば親身になって相談に乗ってくれるし、力を貸してくれるだろう。

だけど、紗夕とのことはすでに終わってしまったことだ。

俺の情けない感傷に付き合わせたくなかった。

「大丈夫。ありがとう、ふたりとも」

ちょうど鳴った予鈴が区切りであるように、みやちーと七村は席に戻っていった。


俺は昼休みが来るまで、幸波紗夕との苦い結末を思い返していた。

考えてみればムシのいい話だ。

自分こそ紗夕を応援しに行かなかったくせに、今さら裏切られたからショックを受けるなんて心とは身勝手なものだ。

紗夕にしても恋心を長年隠しながら俺に接してきた。

——身近な人の本音を取り違えていたという事実が単純にすごくショックだ。

「やっぱり、悪いのは俺じゃん」

去年の夏、俺がきちんと紗夕の引退試合に応援に行けたのなら、あんな風に悲しませることはなかった。

せめて返事をしていれば、ここまで紗夕を追いこむことはなかった。

「ほんと、既読スルーってよくないな」

返事がないことで余計な心配をさせてしまう。

誤解から思わぬ行動に駆り立ててしまうことがある。

たとえあの頃の俺がしんどい状況に置かれていたとしても、紗夕には直接関係がない。

最低限のマナーを守れなかったのは事実だ。

後悔先に立たず。

そして、もう終わってしまったことだ。

「だからこれ以上、余計なゴタゴタはごめんだ」

職員室の扉を叩く。

「失礼します。お昼休み中、申し訳ありません。神崎先生、お時間よろしいでしょうか？」

俺は神崎先生にどうしても確認しなければならないことがある。

幕間三

「ねぇ朝姫ちゃん。この前のカラオケで幸波さんとどんな話をしてたの？」

上の空なスミスミを不審に思ったあたしは、朝姫ちゃんがひとりになった時に訊ねた。

「内緒話を教えるのはちょっとね。ごめんなさい。でもどうして？」

やんわりと断りながらも、朝姫ちゃんは興味を示す。

「スミスミの様子が変なのって、なんとなく幸波さんが関わってるのかなって……」

「有坂さんがお休みだからじゃないの？」

「そういう単純なことなら素直になむーやあたしに言うよー」

「言わないことは、詮索しない方がいい気がするけど？」

「いつでも手助けできる準備はしておきたくてさ」

「ひなかちゃんは友達想いだよね」

「朝姫ちゃんは違うの？」

あたしが見た支倉朝姫の印象は、みんなの中心で人望が厚い優等生だった。

「クラス委員だからって全員希墨くんみたいな人じゃないよ」

「まぁ、スミスミは世話焼きだからねぇ」

「しかも引きずりやすいタイプ」

「本人、隠してるつもりだけど微妙にバレてるんだよねぇ」

朝姫ちゃんにつられて、するすると瀬名希墨の話題が弾んでしまう。

「まぁ嘘をつけない正直者とも」

「気を遣いすぎてストレスが心配だよねぇ」

「鈍いところは鈍いし、案外大丈夫じゃない」

「――女の子の好意にも？」

そう返して朝姫ちゃんの反応を細かく観察する。

「鎌をかけようとしても乗らないよ」

彼女の方が一枚上手だった。

「ねぇ、ひなかちゃんってちょっと前まで私のこと警戒してなかった？」

「昔はね。ま、それもだいぶ前から無意味になったけど」

あたしは過去形で語る。

「あー……私のお仲間だったってわけ。すごいね、全然気づかなかった」

朝姫ちゃんはすぐに察した。そこはさすがだと思う。

「誰にも話してなかったからね」

「ひなかちゃんは、彼に告白したの？」

「したよー。断られちゃったけど」

「はぁーひなかちゃんがね。希墨くんと仲良しだと思ってたけど、そこまでとは」

「あたしみたいなちんまい子が彼氏欲しがったらいけない？」

「ひなかちゃんはかわいいよ。私よりずっと素直でまっすぐだし」

そうして目を合わせて、あたし達は笑い合う。

「もうひとり加わるよ」

その朝姫ちゃんの言い方で察した。

「やっぱり幸波さんか。あの子のスミスミを見る目は最初からただの先輩を見る目じゃなかったもんね。告白を断ったからスミスミは凹んでたのか」

「告白されるまで気づかない男子って、ほんとうになんなんだろう」

朝姫ちゃんは珍しく愚痴る。

「実はスミスミって鈍いんじゃなくて、好きな子以外には純粋にフラットなんじゃないかな。男女関係なく、相手がどんなタイプでも平等な態度で接することができる人」

教室には色んなタイプの生徒がいる。

瀬名希墨がクラス委員を任されたのも、そういう個性の違う子達をうまく束ねて、繋ぎ合わせられるからだろう。どこにも拠らず、なににも偏らない。

「あー、それすごく納得かも！」

朝姫ちゃんは目から鱗が落ちたように頷く。

「……でも片想いする側からすれば、結構残酷な態度だよね」とどこかさみしそうに呟く。

「恋したのもこっちの都合でしょ？」

「難しいね、恋愛って」

「ほんとにね」

あたし達は恋という怪物の理不尽さをひしひしと嚙みしめる。

「紗夕ちゃん大丈夫かな」

「慰めにいくなら、あたしも付き合うよ」

あたしが提案すると、朝姫ちゃんは困った顔で打ち明ける。

「それが朝、紗夕ちゃんから『振られたことより後悔している』ってラインがあって。つっこんで訊こうにも返事もないし、どうも断られてショックって感じだけじゃないのよね」

「ん？　じゃあスミスミはなにに悩んでるの？」

そうとなれば話が変わってくる。

「さぁ。とりあえず私達の予想よりずっとこじれてるのは確かかも」

「スミスミも中々落ち着かないねぇ」

「……有坂さん、今日休みでよかったね」

「うん。もし彼氏が別の女子のことで思い悩んでるって知ったら、血の雨が降っちゃうかも」

ヨルヨルのいざという時の熱烈さと行動力を知るあたし達は、思わず冗談みたいな想像をしてしまった。

第九話　波のゆくさき

俺が神崎先生を訪ねると、「場所を変えましょう」と言って茶道部の茶室に移動した。

先生はいつものように抹茶を点てるのではなく、煎茶を淹れる準備をはじめる。

急須と茶筒、湯飲みを二人分用意した。

ただそれだけのことなのに、相変わらず綺麗な姿勢と美しい所作に見惚れてしまう。

俺も正座しながら、お湯が沸くのを待つ。

「お茶を飲む時間なんてあるんですか？」

「五時間目までには終わらせます。最悪、次の授業は二年A組なので少し遅れても……」

「自分の担任のクラスだと融通利きますよね」

「戯言はいいですから、相談があるなら洗いざらい話してください」

急かしながらも先生の表情は変わらず、流麗な手元には淀みがない。

「……後輩の女の子から告白されて、断りました」

茶葉を急須に入れようとした先生の手がピタリと止まる。

「――なんですって？」

俺は紗夕との一連の出来事を包み隠さず打ち明ける。

先生は煎茶を淹れながら黙って聞いてくれた。そして一言、

「瀬名さんに、空前のモテ期到来です」

神崎先生、ドン引き。

「いや、相談というのは俺についてじゃなくて、その後輩の子についてです」

俺の真剣な態度に、先生はすぐに凜とした表情に戻る。

「聞きましょう」

そう言って、湯飲みを差し出す。

「一年の幸波紗夕です。先生、知ってますか？」

「そういえばヨルカの茶道部の体験入部に来た子に、そんな名前の子がいましたね」

「彼女がヨルカの朝帰りの噂を流したってことも知ってますか？」

「その幸波さんが、自分で言ったのですか？」

「はい。今朝、本人から」

先生は仕方ないと、ため息を落とす。

「別に瀬名さんや有坂さんのためではありません」と前置きをした上で語りはじめる。

「朝帰りの噂の出処については、個人的に調べていました。ちょうど茶道部の全部員に聞き取りを終えたところです」

「全員、ですか……？　それはお疲れ様です」

そんな素振りを微塵も感じさせなかった先生に俺は驚く。

永聖高等学校の茶道部といえば文化系部活動でも群を抜いての大所帯。どの学年も十人以上所属していると聞いた。それをわずか二週間やそこらで全員から話を聞くなど、とんでもない大仕事だ。

ただでさえ忙しい教師という職業。

部活の顧問に加えてわざわざそんなことにまで時間を割いてくれたとは。

そんな労を惜しまない神崎先生に俺は深い尊敬の念を抱く。

「噂の出処が茶道部とあっては、部の品格を著しく損ねる振る舞いです。顧問として断固許しがたいことです」

「じゃあ先生は、噂を流した最初の人を特定できたんですね？」

「部員一人ひとりに誰から例の噂を聞いたのか確認しました。その伝言ゲームを辿った結果、部員は全員シロでした」

「部員は、ってことは部員でない人が該当したと」

「有坂さんが駅前で目撃された土曜日は朝から茶道部の活動がありました。部員が聞いた相手を数珠繋ぎにさかのぼると、体験入部に来ていた一年生に行き着きました。それが幸波紗夕さんでした」

神崎先生の調査と紗夕の自白が一致してしまった。

俺の現実逃避的な願望は、先生の地道な調査によって完膚なきまでに打ち砕かれた。

黙りこんでしまった俺に「ショックですか？」と先生は声をかける。

「……どうするんですか？」

「どう、とは？」

「その、幸波紗夕に対して、なにか」

「なにもしませんよ」

先生ははっきり言った。

いつの間にか伏せていた顔を俺は勢いよく上げる。

「いいですか、瀬名さん。そもそも有坂さんの朝帰りはなかった——そういう風にしたのは他ならぬあなたであり、私です。それとも、瀬名さんは犯人に仕返しでもしたいのですか？」

「違います。そんなこと望んでません！」

俺は身を乗り出すようにして先生に訴えた。

「事実無根として決着した以上、今さら事を荒立てる気はありません。ただでさえ誰かさんが恋人宣言などしたせいで、私がどれだけ慌てたと思ってるんです」

先生は、先日の一件をやっぱり怒っていた。

「すみません」

それこそ俺は平身低頭で謝るしかなかった。

「親しい後輩とはいえ仮にも犯人を庇うなんて、瀬名さんはやはりおやさしい人ですね」

「元を辿れば、悪いのは俺なんです」

「……聞いたところによれば、幸波さんは言いふらすというより、思わずこぼれてしまったといった様子だったそうです。それを周りの子達が面白がって広めた、というのが今回の真実なのでしょう。必ずしも噂の拡散は幸波さんの本意ではない。私は、そう感じました」

先生のその言葉に、俺は屋上で紗夕らしからぬ暴露をした彼女の真意がわかった気がした。

「だから、あんならしくない真似をしたのか」

紗夕はいい子だ。彼女に悪ぶった芝居なんて似合わない。

人をわざと傷つけ、その場でさえ後悔を隠せないくらいだ。

発作的に行ったのか、あるいはそうすることで自分自身を罰したいのか。

少なくとも、俺にはあれが幸波紗夕のほんとうに望んだ結末とは到底思えなかった。

「なにかヒントになりましたか？」

「俺、そんなに顔に出てます？」

思わず自分の頰を触ってしまう。

「生徒の変化に気づくのが教師の仕事です」

まったく、うちの担任には隠し事はできないようだ。

「先生。一度壊れた関係を、やり直すことってできますか？」

「相手側が望んでない限り、かなり難しいでしょうね」

先生の助言はあくまで客観的だ。

それが今はありがたかった。

「好意に応えられない相手と、せめて仲直りしたいなんて俺自身もムシのいい話だってわかってはいるんです。けど……」

「一度でも禍根のついた関係を修復するのは並大抵のことではありません。それが恋愛沙汰ならなおさらです」

「そう、ですよね……」

今朝の屋上で俺と紗夕は終わった。それは間違いない。

「割り切るのも大人の立派な作法です。残念ながら見込みのないものに時間や感情を割くには人生は短すぎます」

それは終わった恋に未練を残すのと似ている。

叶わない夢を追いかけることに近い。

報われない愛を盲信するに等しい。

——人間はありもしないものを信じたくなる生き物なのだ。

その上で、神崎先生はこう問う。

「ただ、幸波さんがあなたをよく知るように、あなたも幸波さんをよく知っているはずです。ほんとうの彼女は一体どんな人ですか？　心の底で、彼女はなにを望んでいますか？」

「え？」

「時間は戻りませんが、感情は不可逆ではありません。友情が愛情に変わり、また友情に戻ることだって十分ありえます」

「そんな、都合のいいこと」

「じゃあ瀬名さんは、どうして諦めないんですか？」

言外で幸波紗夕に拘る理由を掘り下げてくる。

「俺が、割り切れないガキだから」

「拗ねないでください。あなたは自分が思っているよりは大人です。どうにもならないことにはきちんと見切りをつけられます。拘るのは罪悪感からだけではなく、まだ関係性を修復できる可能性を見出しているからでしょ。……それは、何事も諦めないいつものあなたじゃないですか」

それでも、先生は最後に背中を押してくれた。

割り切って他人に戻るのは簡単だ。

校内で見かけても気づかないふりをする。すれ違っても話しかけることはしない。

だけど、そんな他人行儀は嫌だった。

紗夕がもし噂を流したことを後悔しているなら、俺にはまだかけるべき言葉がある。

「止められるのかと思いました」

「瀬名さんが素直に言うことを聞いてくれる生徒なら、どんなに楽だったことか」

「じゃあ俺をクラス委員にした先生のミスですね」

「まさか。私自身が選んだんですよ。手間に見合う活躍はしてくれています。これからもがんばってください」

「まだこき使うんですか？」

「むしろ本番はこれからですよ。秋の体育祭や文化祭は穏便にお願いしますね」

「別にトラブルを増やしてるつもりはないんですけど」

「どの口が言うんですか」

先生は頰に手を添え、この先のことを憂えているようだった。

「信頼されてるんだか、心配されてるんだか」

「両方ですよ。瀬名さん」

俺は先生が淹れてくれた煎茶にようやく口をつける。

「あ。美味しい」

「いい茶葉ですから」

「お気を遣わせて、すみません」

「あんな深刻な表情で職員室に来られては、念のために場所を移したくもなります」

「モテる先生にアドバイスをもらえてよかったです」

神崎先生に話したことで、俺は胸のつかえがとれた気分になった。ようやく普段の自分に戻れた気がする。

「……どうして、私がモテる前提なのですか？」

「違うんですか？」

「そんな状況、なったこともないから知りません」

「ええ。先生ならひっきりなしにアプローチ受けてるでしょう？」

神崎先生は絶対にとぼけていると思う。

教師にしておくのがもったいないほどの美貌の女性が色恋のエピソードのひとつやふたつ、ないわけがない。

「たとえば大学生の頃とかは？　合コンに呼ばれたり、男性に誘われたり」

どう考えても神崎紫鶴のような女性がいたら、周りが放っておくはずがない。

「入学した頃はクラスの子によく声をかけられたのですが、いつの間にか呼ばれなくなりましたね。『紫鶴がいると、合コンが女子会になる』って泣きそうな顔で言われまして……。あまりにも必死な剣幕で言われて、なんだか申し訳なかったです」

あー先生がいると男性を全員かっさらってしまうから遠ざけられたわけだ。

「どんな小粋な受け答えで男心を摑んだんですか？」

「摑んでません。訊かれたことに、ただ答えただけです」

よくわからない、と神崎先生は顎に手を当てる。

「じゃあバイトやサークルの方では？」

「アルバイトは親に禁止されていました。日舞のサークルに所属していましたが、『変な男に騙されたらダメ』『天然記念物扱いでガードされてたと。お友達の気持ちもちょっとわかりますけどね」

俺は、その先生のご友人に激しく共感を抱く。

「どうしてですか？」

「大切な友達が、悪い男の口車に騙されるのが心配だったんですよ」

神崎先生の摑みどころのなさは見ようによっては世間ずれしてないからのようにも取れる。

そこにつけこむ悪い男がいないとも限らない。

「過保護の友人ばかりです」

「大学を卒業してからは？」

「新卒で永聖高等学校の教職に就いて、毎日忙しいですからね」

「え。じゃあ社会人になって新しい出会いとかは……？」

「ありませんが、それがなにか？」

うん？　妙だ。なんか引っかかるぞ、この麗しき美人教師。アプローチは数多されているけれども、お付き合いしたという具体的な話がまだ一度も出てこない。

「先生って今恋人いるんですか？」

「いませんけど」

「今までは？」

「……、特には」

神崎先生は誤魔化すように、そっぽを向く。

「先生」

「なんですか？」

「訊けば結構答えてくれるんですね」

「――ッ。瀬名さん⁉」

意図せずして担任教師の恋愛経験値の低さを知ってしまった。

この事実に俺はなんだかドキドキしてしまう。

そりゃご友人がガードするのも当然だ。しっかりしてそうなのに隙が多すぎる。

こんな極上な女性が無防備に受け答えをしてくれたら、それだけで男性陣は自分でもイケるんじゃないかと勘違いしてしまうだろう。

お堅い教師モードからは想像できない、世間知らずな素の神崎先生を俺は垣間見てしまった。

相変わらず表情にこそ出ないが、先生が恥ずかしがっているのは察した。

「仕事に一生懸命なのは素敵だと思いますよ、先生」

怒らせてしまう前にフォローする。いつもなら即座に冷たい声で叱ってきそうなところだが、先生はなぜか黙りこんでしまう。

茶室が沈黙に包まれる。

あれ、なに、この感じ。……なんか俺まで恥ずかしくなってきたんですけど。意外なギャップに戸惑ってしまい、冗談のひとつも浮かばない。場の空気が変にむずがゆく、特別に意識していなかった茶室にふたりきりという状況が今になって妙な緊張をあたえる。

俺、なんでこんなに慌てているんだ？

「——教師をからかわないでください。そうやって有坂さんを口説いたんですか？」

先に口を開いたのは神崎先生だった。

「違いますよ！　俺はいち教え子として尊敬の念を言葉にしただけです」

「瀬名さんと話すと口が軽くなるから困ります」

普段通りの態度で、先生は会話を進める。

「それって先生がチョロいだけでは？」

「瀬名さん」

俺の軽口を呆れたように叱りつける。

「でも、先生。生徒相手にこのざまなんですよ。ほんと、悪い男には気をつけてくださいね」

「はぁ。教え子に心配されるとは情けない限りです」

「真面目に言ってるんですよ。先生が悲しい想いをしたら、俺だって悲しいですから」

神崎先生を信頼しているからこそ、気にかかるのである。

生徒想いの担任にも幸せでいてほしいのだ。

「……そういうところですよ」

「こっちだって赤裸々に事情説明したじゃないですか。お互い様ってことでひとつ」

「生徒と教師の間で、なにがお互い様ですか」と先生は聞き流す。

「とにかく事情は把握しました。ただ、今後は女子との密会は避けた方がいいでしょうね。またトラブルを起こされたら敵いません」

「先生とのこの場もカウントされます？」

「私まで、あなたのモテ期に巻きこまないでください！」

「失礼しました！」

神崎先生の殺気じみた視線を浴びながら、俺は煎茶を一気に飲み干して茶室から退散する。

時刻は、五時間目がはじまるきっちり五分前。

授業に間に合うように相談を終わらせてくれた。

一年生は、五時間目の授業で今日は終わりだ。

幸波紗夕の浮かない気分は晴れることなく、気づけば下校時刻になっていた。

悲しみや怒り、後悔など様々な感情が激しく渦を巻く。

心はさながら糸の切れた凧みたい。あてもなく宙を漂い、いまだにどう着地すればいいのか定まらない。

いや、待っているのは着地ではなく墜落だろう。

一度落ちればバラバラになって、二度と元通りにはならない。

——繋がりを切ったのは自分である。

告白を断る時、瀬名希墨の顔はすごくつらそうだった。

噂を流したことを打ち明けた時、すごく傷ついていた。

——どうせ叶わぬ恋、みじめに引きずるよりも徹底的に壊れてしまえばいい。

そのつもりだった。

なのに、あのお人好しの先輩はそれでも嘘だと言って、決して信じようとはしなかった。

信じようとしてくれた彼を裏切ったのは自分だ。

あの土曜日の朝、ふたりが手を繋いで歩く姿を見かけなければ素直に失恋できたかもしれない。

近所に住んでいることがあれほど裏目に出たことはない。

だけど、目に焼きついた光景を忘れることなんてできなかった。

その事実を受け入れることができないまま、気づけば言葉になって零れていた。

我に返った時には遅かった。

聞いた瞬間の周りの顔は忘れられない。

無邪気さと下世話な好奇心に輝いていたみんなの顔。あっという間に噂は広まってしまった。

自分の迂闊な一言が週明けには学校中に知れ渡っており、恐くなった。

もしも自分が噂の出処だと知られたら彼に嫌われる。そう思って、興味はあったけど茶道部への入部は諦めた。

罪悪感で自分を責める一方、心のどこかでふたりが別れてしまえばいい。

そう期待する自分がいた。

結果的に彼らの交際は公のものとなる。

もう勝てない、そう紗夕は悟ってしまった。

きっと、ああいうのを運命の恋と言うのだろう。

どんな障害があろうとも乗り越え、そのたびに絆を強くしていく。

自分の恋とは真逆だ。

幸波紗夕は勇気を出せず、タイミングを何度も逃し、それでも諦めきれず、最後には間に合わなかった。

男の子から告白してほしい、なんて相手のせいにしていた。

女の子は待ちの姿勢でいなければならない、なんて一体どこの誰が決めたのだろう。

好きなら好きと伝える。

そんなシンプルなことができなかった過去の自分が恨めしい。

もっと早く行動に移していれば、と後悔しても遅すぎた。

その果てに好きな人を傷つけたいなんて逆恨みもいいところだ。

もう自分自身でもどうしたらいいかわからなかった。

逃げるように教室を飛び出し、一刻も早く学校を後にしようとする。

階段を下り、靴に履き替えた。外に出て、校門にさしかかる。

「あ。見つけた」

すると向こうから歩いてきたのは、制服姿の有坂ヨルカだった。

「タイミングが合ってよかった」

「……なんで、ヨル先輩が外から来るんですか？」

紗夕は今日ヨルカが欠席したことを知らなかった。

急に自分の目の前に現れた恋敵に、いよいよ混乱は極まる。

「帰りの飛行機が遅れてたからほんとうは休むつもりだったんだけどね……ちょっと来ないといけない理由ができて」

「もう六時間目、ですけど」

「授業は最初から受けるつもりないから」

颯爽と長い髪をなびかせて、ヨルカが紗夕の横に並ぶ。

「少し話さない？」

「けど……」

後ろめたさが心に渦を巻いて、今すぐにでも逃げ出したい。

だけど、同じくらいに話してみたかった。

迷える紗夕の気持ちを酌むように、ヨルカがその手をとる。

「行こう」

ふたりは校舎と校舎の間にある中庭へと向かった。

「なにか飲みたいものある？」

「じゃあ、ホットのミルクティーで」

ヨルカはそばの自動販売機で自分と紗夕の分の飲み物を買った。

中庭を一望できるベンチに、ふたりで座る。

「はい」

「すみません、ごちそうに、なります」と紗夕はヨルカからペットボトルを恐々と受け取る。

ヨルカに導かれるままに一緒に来てしまったが、ベンチに座って紗夕は我に返った。

この状況は一体なんだろうか。

帰り道にいきなり有坂ヨルカに摑まって、ふたりきりで話すことになった。

冷静に考えるとかなりの異常事態だ。

人嫌いで有名な有坂ヨルカが校内で誰かと一緒にいる。しかもその相手が自分とは。

校内一の有名人であるヨルカの横にいるだけで、何事かと中庭を通る生徒達がこちらを見てくる。

「ヨル先輩、トマトジュースが好きなんですか？」

ヨルカが飲んでいたのは缶のトマトジュースだった。

紗夕は沈黙を埋めるために、とりあえず目についたことを話題にする。

「なんとなく野菜不足を解消したくて」

ヨルカは静かに缶を傾ける。

長時間のフライトの疲れが残っており、彼女が纏う空気はいつも以上に気だるげだ。

「美容に気を遣ってるんですね」

「旅先で食べすぎたから」と、ヨルカは特に太ってもいないウエストをさする。

「えーでもヨル先輩すごく細いじゃないですか」

紗夕が当たり障りのない返事をすると、

「……やっぱり、わたしと話すのって緊張する？」

ヨルカは缶を脇に置いて、神妙な顔で問うた。

「まぁ、この前のカラオケでは少ししか話しませんでしたし」

「威圧してるつもりはないんだけどね」

「ヨル先輩の前では緊張するなと言う方が無茶です」

「そんなに身構えなくていいのに」

ヨルカなりに気遣っているつもりだが、今の紗夕には無理な相談だ。

今朝の希墨との一連のやりとりをヨルカは知っているのか。そのことについて自分になにか文句を言いにきたのか。背中に冷や汗をかきながら頭の中がぐるぐるしてしまう。

紗夕は自分の一言一言に神経をすり減らしながら、ヨルカの真意を探ろうとする。

「ミルクティー飲めば？　冷めちゃうよ」

「はい！　いただきます！」

促されて、紗夕はペットボトルにようやく口をつける。

ミルクティーのやさしい甘さが広がり、わずかに緊張が緩むのを感じた。

「そんなガチガチにならないで。この前のカラオケの時よりぎこちないよ？」

クラスメイトと普段ロクに喋らないヨルカは、希墨以外と会話すると大抵こんな調子だ。

それでもあまりにもギクシャクした紗夕にはさすがに戸惑う。

多少なりとも面識がある相手にも拘わらず、自分がこんなにも他人に圧をかける存在なのだと知って若干のショックを受けていた。

お互いに気を遣いすぎて会話は途絶えてしまう。

五月の昼下がり、中庭のベンチで沈黙する少女ふたり。

中央にある花壇にはネモフィラやチューリップなどの春の花々が咲き誇り、目を喜ばす。

「──あの、ヨル先輩！　なんで声かけてきたんですか！」

沈黙に耐え切れず、紗夕は直球で訊ねた。

罵倒も叱責も覚悟の上だ。ここにいる女性にはその権利がある。

そして自分は責められても仕方のない行為を、有坂ヨルカの男にしたのだ。

紗夕は唇を嚙みしめながら、ヨルカの答えをじっと待つ。

「いや、たまたま紗夕ちゃんがいたから話せば仲良くなれるかなって」

「ピュアすぎませんか⁉」

予想外すぎる返答に、紗夕は思わず声を張り上げた。

この唯一無二の美少女は心まで美しいのかと、紗夕は打ちひしがれてしまう。ベンチの背に倒れこんだ拍子に手が当たり、ヨルカのトマトジュースを盛大にこぼしてしまった。

「あああああっ⁉　す、すみません！　制服とかに飛んでません？　汚れてませんか？」

「かかってないから大丈夫だよ」

「すぐ新しいの買ってきますから！」

地面には、赤い水たまりが広がっていく。

血相を変えた紗夕は慌てて腰を上げた。

「――ねぇ、紗夕ちゃん。希墨に告白でもした？」

いきなり核心を突かれて、その場に縫いつけられたように紗夕は固まってしまう。

そして諦めたように身体の力を抜いて、再びベンチに座った。

「知ってたんですか？」

「ただの当てずっぽう」

「大正解ですよ」

紗夕は捨て鉢気味に認める。

「やった」

「喜ぶとこですか？」

ヨルカのフラットすぎる態度に紗夕の警戒心も毒気も抜かれてしまう。

「ん―本音のところを他の人が言葉にしてくれると、楽になったりしない？　あぁ、この人には隠し事はできないなって。それをひなかちゃんがわたしに教えてくれたから。不快なら、なにも訊かないけど」

希墨に衝動的に別れを告げた時、思いつめたヨルカを救ってくれたのが宮内ひなかだ。同じ人を好きになり、それでも奮い立たせてくれた恩人。

ヨルカもそんな風に誰かの力になれればと思っていた。

「……じゃあ懺悔していいですか？」

「大げさだね」

「いいから聞いてください」

紗夕は意を決して、告げる。

「ヨル先輩の朝帰りの噂、流したのは私です」

「うん、そっちは知ってた」

「……え？」

今度こそ理解不能。

有坂ヨルカは『知ってた』と確かに言った。

「わたし、人に見られるのが嫌いだから他人の視線には敏感なの」

「い、いつから？」

「あの土曜日の朝、駅で希墨に見送られる時」

「最初からじゃないですか!?」

「あー誰かにすごい見られているなって。けど、あの時はわたしも希墨と一緒で浮かれてたから珍しく気にならなかったんだよね」

「愛の力は偉大、ですねぇ」

紗夕は思わず唸ってしまう。

「二度目は生徒指導室から出てきた時。なんか廊下で覚えのある視線が刺さるなって。その時はいつ感じた視線かまでは思い出せなかったんだけど」

「確かに、こっそりきー先輩を待ってました」

あの時点で気づかれていたとは紗夕は思わなかった。

「その視線の主が紗夕ちゃんだってわかったのはカラオケで会ってからだけど」

「私ってそんなに露骨でした？」

「希墨が好きって感情と同じくらい、わたしのことが憎いって感情も漏れてたから」

ヨルカは思い出して、笑ってしまう。

「ヨル先輩、敏感すぎます」

こんな有坂ヨルカの繊細さを思うと、その生きづらさは並大抵ではなさそうだ。

「あなたが希墨を見る目は、わたしと同じだった。だからこの子は彼のことが好きなんだなってすぐにわかった」

「きー先輩を好きなことも噂を流したことも見抜いた上で、私が近くにいるのを黙ってるなんて……」

「だって、希墨もあなたのことを気に入ってるから」

その言葉が紗夕の弱った心をさらに痛めつける。

過去に囚われている紗夕と違って、ヨルカは現在と未来しか見ていない。

「ヨル先輩には私を責める権利があるんですよ。どうして、なにも言わないんです？」

「犯人捜しには興味ない。それに希墨が苦しむ」

ヨルカは揺るがない。

もともと周りに興味がない上、ヨルカの中ではすでに終わったことを蒸し返すのは面倒でしかない。

ただ、瀬名希墨の迷惑にならなければそれでよい。

「腹立たないんですか？　憎くないんですか？　ものすごく迷惑かけたじゃないですか？　成り行きによっては別れてたかもしれないんですよ？」

「でも、希墨が解決してくれたから」

「――」

ほんとうに、別格すぎる。

類まれなる美貌ゆえに人の耳目を集めてしまうこの少女は、ただ愛する人への信頼だけであっさりと心のバランスをとっていた。

彼女は本気だ。

そこらへんにありふれた、青春の一ページとして終わるような浅い恋愛ではない。

夢や妄想ではなく、現実の恋愛として未来まで見据えている。

「それに、今は恋人宣言も悪くないかなって」

ヨルカは気恥ずかしそうに認める。

「女の子的には、好きな人から特別扱いしてもらえるのは悪い気分じゃないですよ」

紗夕は、身体の強張りが解けていくのがわかった。相槌を打つ言葉も軽くなっていく。

「やっぱり、そういうものだよね！　最初はなんなのよって慌てたけど、ああやってみんなに言うことで守ってもらえてるんだろうなって」

「そりゃつまらない独占欲なら論外ですけど、あのきー先輩ですからね。相当勇気が要ったんじゃないですか」

「うん。だから、今は嬉しい」

「ヨル先輩は、本気できー先輩が好きなんですね」

「好きよ」

あの有坂ヨルカの恋する乙女な顔を見せられては、紗夕はもはや張り合う気もない。

この美しい人は、自分の好きな男の人を疑いようもなく愛している。

完敗だ。

紗夕は、ようやく認めることができた。

この長い片想いをやっと終わらせることができる。

叶わなかった恋の夢から覚めると、紗夕の両目から大粒の涙がこぼれ落ちた。

「うっ、うっ、うわあああぁぁぁぁぁぁぁぁ――――!!」

全身で叫ぶように号泣し、とめどなく涙が流れ続ける。

どれだけ声に出しても、涙がこぼれても、心の痛みは消えてはくれない。

大好きだった。

ずっと好きだった。

彼のことを考えるだけで胸が躍る。些細なやりとりに喜びを感じた。毎朝律儀に迎えにきてくれるのが特別に思えた。ふたりきりの朝の通学路、学校までもっと遠回りしたかった。練習中の何気ない励ましに救われた。試合中、疲れていても彼の声援で元気になれた。帰りの寄り道が楽しかった。グチを真剣に聞いてくれて嬉しかった。勉強を教えてもらうふりをして一緒にいたかった。もっと、もっと、もっと――。

「私もきー先輩の特別になりたかった。だけどきー先輩のやさしさは私にだけ特別なわけじゃなくて……。なのに、ヨル先輩に向けるやさしさは違った。ぜんぜん違ってた」

「うん」

「しかもヨル先輩美人なのに、ちょっといい人だし」

鼻をすすりながらも、紗夕はそんなことまで言う。

「紗夕ちゃんとは好きな相手が一緒だったからね」

「海外旅行の隙に告白するような後輩ですよ。ふつうは嫌うし」

「わたしのいない所で希墨が告白されるのには慣れてるから」

ヨルカは希墨がモテるのはしょうがないとばかりにボヤく。

「えッ⁉　誰からですか⁉」

「支倉さんとひなかちゃん」

「宮内先輩までッ⁉　え、嘘ッ。なんできー先輩、そんなカラオケ平然とやってるんですか！　ヨル先輩と付き合って頭バグったとか？　瀬名会とか立ち上げてるし！」

どういう意味よ、と不機嫌な顔になるヨルカ。

「振られたのに一緒にいるなんて……」

衝撃の事実を聞かされて、涙も引っこんでしまう。

真っ赤になった目を丸くしながら、あのカラオケがいかに特殊なメンバーだったかを今さら知る。

「だからね、希墨を好きな後輩が今さらひとり増えたところでわたしは気にしない」

「うわぁ。本命の余裕」

「余裕なんて別にないよ」

「そうは見えないですけど」と皮肉でもなんでもなく、紗夕の率直な感想だ。

「多分、希墨にならば裏切られてもいいかなって思ってるから」

ヨルカは遠くを見つめながら、そんなことを口にする。

「……それって絶対裏切られないから言える台詞ですよね」

そんな究極の惚気をあっさり言われてしまっては、略奪愛を企んだ自分が急に滑稽に思えて紗夕は笑うしかなかった。

第十話　青春は近くて痛い

そのメッセージに気づいたのは、帰りのホームルームを終えた直後だった。

ヨルカ：今幸波さんと中庭にいる。
ホームルームが終わったら希墨も来て。

「……は？」

俺はメッセージの意味をすぐには読み解けず、フリーズしてしまう。

ヨルカが今学校にいる？　しかも紗夕と一緒だって？　え、ていうか帰国してたの？

「なんでだ？」

俺はカバンを持って廊下に飛び出した。中庭に面した窓に張りつく。

自動販売機近くのベンチに座っているふたりが見えた。

「どういうこと？」

俺はとにかく中庭へと急いだ。

階段を駆け下りる。一階に着いて、校舎を繋ぐ渡り廊下から上履きのまま中庭に出た。

ふたりがいるベンチまで全力疾走だ。

「遅い」

ヨルカは俺の顔を見た途端、不機嫌になった。

「飛行機遅れてたんだろ。てっきり学校を休むんだと思ってた」

「そのつもりだった」

ムスっとしながらヨルカが俺を睨む。

「じゃあどうして。長いフライトで疲れてるんだろ。寝不足みたいだし」

ヨルカの顔を見れば、いつもより元気がないことがわかる。

そういうところはすぐ気づくくせに、とヨルカが小さくぼやく。

「ヨルカ？」

「そっちが昨日のラインを既読スルーするからでしょ！　心配になって来ちゃったのよ！」

「……──、あ」

やっぱり既読スルーはよくない。

屋上での一件で消耗し切った俺はメッセージを開いただけで、見事に返事を忘れていた。

ここまで紗夕とこじれたのも元を辿れば俺が返事を忘れたからだ。

今後は注意しよう。そう決めた矢先に同じミスをするとは我ながら迂闊すぎる。

「悪い、ヨルカ。俺は」

「希墨がショックを受けてたことくらいわかる。だから先に、彼女の方でしょ？」

ヨルカは、ずっと黙ったままの紗夕を目で示す。

そうだ。

有坂ヨルカはこういう女の子なのだ。

別れ話のラインに俺が返事をしなかった時も、最後には彼女の方から話をしにきてくれた。

今回も同じだ。俺がピンチの時には、この子は必ず側にいてくれる。

俺の返事がないことで、なにかが起きたのだと察知した。

たとえ帰国したばかりでも不安なら駆けつける。

「ありが――、ぃ⁉」

俺はふと足元の赤い水たまりに気づき、顔を強張らせてしまう。

「と、トマトジュースがこぼれただけ。なにもしてないからね！　喧嘩も！」

「別に疑ってないって」

「まぁ、とにかく今日は来て正解だったみたいだからね」

ヨルカは状況を理解しているようで、それ以上なにも言わなかった。

ただ俺を信じて、上手く収めなさいとばかりに見守るだけだ。

俺はじっと動かない紗夕の正面に立つ。

「紗夕」

「きー先輩」

身を硬くしたままの紗夕はちらりと俺を見て、すぐ俯いてしまう。

「顔、あまり見ないでください。さっき泣きすぎてメイクも崩れちゃってるんで」

「紗夕をそんなに苦しめたのは、やっぱり俺の責任なんだ。去年の引退試合に俺が行けていれば、ここまで長引くことはなかった。だから、もう一度しっかり謝らせてくれ。ごめん」

俺は頭を下げる。

「や、やめてくださいよ。ただでさえおふたりに迷惑かけて、その上また謝られたら私もどうしていいかわかんないです」

「その上で紗夕にお願いがある！」

「お願い、ですか……？」

紗夕は怯えながら俺の言葉を待つ。

「仲直りがしたい。もう一度、紗夕と気兼ねなく話せる関係に戻りたいんだ」

「――――」

「俺は紗夕を忘れたくなんかない。嫌うんじゃなくて、これからもまた先輩後輩になりたい」

「こんな私を許してくれるんですか？」

「あの噂が俺に覚悟を決めさせたんだ。そのおかげでヨルカとの絆が強くなれた」

怪我の功名というか、図らずも俺の背中を押したのが紗夕だったのも不思議な縁だろう。

「だ、だからって前向きに捉えすぎですよ。なにそれ、キモイ」

紗夕は慄くようにベンチの端まで下がる。

「これは一方的な俺の希望だ。紗夕に強要するつもりはない。嫌なら、今度こそ諦める」

「ぶぅ！　そうやって私を試さないでください！」

紗夕はベンチの肘掛けに身を寄せて距離を置こうとしながらも、この場から逃げることはなかった。

「紗夕の好きにしていい。俺が無茶苦茶なことを言ってるのはわかってる」

「だーかーらー、きー先輩の都合はどうでもよくて！　今アレなのは、その、私の方が問題なわけで……」

紗夕は複雑そうな表情をして言葉を切った。自分がどうするべきか考えあぐねているようだ。

「──自分を許せないなら、わたしが罰をあげる」

「ヨルカ……」

「自分の恋人を誘惑されたんだもの。それくらいいいでしょ」

希墨は黙っていて、とヨルカの目が訴える。

「いいです。言ってください、ヨル先輩」

「うん。とってもキツイよ。かなりしんどいと思う。聞かないで逃げた方が楽なのかもしれない。だけど聞いたからには紗夕ちゃんには従ってもらう」

「はい」

「——希墨と仲直りして。それが罰よ」

ヨルカはさらりと俺と同じ要求を突きつける。

「ふ、ふたりとも私に甘すぎですってば！」

「そう？　希墨はどう思う？　わたしは、それ以外で許すつもりないんだけど」

「いや、むしろ相当厳しいこと言ってるよな」

俺も大げさに合わせる。

「……ほんと、実は似た者同士なんですかね。きー先輩とヨル先輩は」

紗夕は俺とヨルカを交互に見て、震える唇で必死に強がる。

「先輩には、また遠慮なく甘えさせてもらいますよ」

「好きにしろ。かわいげのない後輩をかわいがるのは慣れてる」

「ぶぅ！」

紗夕は少しだけ不本意そうにしながら、けど最後にようやく笑った。

「俺は、おまえの先輩でいたい。嘘つきでもおまえは俺のかわいい後輩のままなんだよ」

「……ずるいなぁ。私ときー先輩の絆って、これだけやっても壊せないんですね。しかもヨル先輩とまで結びついちゃったら、もう逃げられないじゃないですか」

紗夕は、俺とヨルカの強引極まりない希望を受け入れた。

そして、これ以上言うことはないとばかりに勢いよく立ち上がる。

「きー先輩。最後に質問していいですか？」

「なんだ」

「もし去年の夏に私が告白してたら、ＯＫくれました？」

赤くなった目でじっと俺を見る。

「あの頃にはヨルカを好きになってた。だから、答えは今と変わらない」

俺はハッキリと答えた。

「ぶぅ！　ほんと、ふたりとも両想いすぎッ！」

紗夕はもう泣かなかった。

「ほ、ほら、もう行くよ！　じゃあね、紗夕ちゃん」

ヨルカは俺の一言に恥ずかしくなったようで急いで立ち去ろうとする。

「え？　ヨルカ、急すぎない。紗夕、またな！」

「はい、またです。きー先輩」

紗夕は少しだけさびしそうに俺達を見送ってくれた。

そしてヨルカは照れ隠しをするように俺の腕を引いて、校舎に連れていく。

「どこに行くんだよ？」

「美術準備室。既読スルーした件、きっちり説明してもらうから」

「え、許してたんじゃないの？」

「ダーメ。再発防止策も講じないと」

「厳しいのは勘弁してくれよ」

「恋人を不安にさせるのが趣味なの？」

すれ違う生徒達は、ことごとく驚きながら俺達を見ていた。

これだけ密着していれば、ふつうのカップルでも目を引く。

「いいのか、見られてるぞ？」

「これが落ち着くからいいの。久しぶりだから」

ヨルカは頬が赤くなった顔を隠すように俺の腕に抱きついて身を寄せる。

「……おかえり、ヨルカ。会いたかった」

「ただいま。わたしもよ。希墨」

◇◇◇

ふたりの背中が見えなくなり、入れ違いに支倉朝姫と宮内ひなかが駆け寄ってくる。

「え、この真っ赤な水たまりって……？」

「ほんとうに、血の雨が降ったの？　保健室に行く？　自分で歩けるかな？」

朝姫とひなかがやたら慌ててるのが、紗夕は可笑しかった。

「トマトジュースだから大丈夫ですよ。……もしかして、見てました？」

「なんか中庭の方に、やたら人が集まってるなって思って見たら三人がいたから」

「その前に慌ててスミスミが教室を飛び出してったしね」

朝姫とひなかは気まずそうに目を合わせる。

「ご心配おかけしました。無事に振られまして、めでたくおふたりの仲間入りです！」

紗夕は快活に失恋を報告する。

「なんで嬉しそうなの？」

「それって元気に言うことなのかなぁ」

予想外に吹っ切れた様子の紗夕に、ふたりの方が反応に困った。

「きー先輩とヨル先輩に懺悔して、許してもらって。その上で私がほんとに望んでいたのは、忘れないでいてもらうことだって気づいたんです」

瀬名希墨への恋は近すぎた。

だけど学年が異なり、部活の引退、受験に卒業、様々なタイミングでふたりの距離は開いた。

特に珍しいことでもない、ありふれたきっかけ。

心地よかった日々が遠ざかり、ひとりになったさびしさと隠していた恋心が混ざり合って、あの頃より一層強く求めるようになった。

勇気を出して告白しようと決めた日、彼は現れなかった。

あんなに親しかったのに。自分という存在は忘れられたのではという恐怖が生じる。

必死に追いかけて、やっと追いついた時には自分以外の女性が彼のとなりにいた。

そして捨て身の告白の末、彼と彼女は幸波紗夕が近くにいることを望んでくれた。

「気持ちの整理がついたならよかったわ」

朝姫は胸を撫でおろした。

「なんか、一皮むけた感じだねぇ」

ひなかはぽんぽんと軽く紗夕の背中を叩いて労う。

「ありがとう、ございます」

ふいに訪れる沈黙。

「じゃあ、この失恋同盟の三人で気晴らしでも行く？」

ひなかが明るい声で提案する。

「その名前、ネガティブすぎない？　ひなかちゃん。しかも瀬名会の中に、失恋同盟って」

朝姫は苦笑しながら、やんわりと反対する。

「私は構いませんよ。けど――アサ先輩はまだですよね？」

「え、私だけ除け者なの？　どうして？」

朝姫の冗談めかした反応に、紗夕は真剣な表情で答える。

「だって、次はアサ先輩の番じゃないですか」

「私が？」

「まだきー先輩のこと好きですよね？」

紗夕に問われて、朝姫は即座に否定できなかった。

「ちょ、ちょっと待って！　それはダメだよー。スミスミとヨルヨルの邪魔をするのは見逃せません！」

ひなかはすかさず割りこむ。

「幸波さん、変に焚きつけて朝姫ちゃんを困らせないであげてよ」

「無理ですよ、宮内先輩。アサ先輩は心の底では諦めついてませんよね。私がそうだったから、よくわかるんです」

「失恋ほやほやの後輩ちゃんが乱心してるぅ！」

「私はもう冷静です。冷静だから、そう思ったんです」

ひなかは会話の流れを変えようとはぐらかしながらも、心のどこかで紗夕の意見に納得していた。

紗夕のまっすぐな視線を受けて、黙っていた朝姫がようやく口を開く。

「……うん、そうかも。ごめん、ひなかちゃん。失恋同盟の方は遠慮する」

紗夕の言葉に、朝姫は整理のつかない自分の感情ともう一度向き合うことに決めた。

支倉朝姫の恋はまだ終わっていない。

美術準備室に、ふたりでいることがすごく懐かしく感じた。

ゴールデンウィークのたかだか一週間かそこらしか空いていないのに、俺は妙に新鮮な気持ちで見慣れた室内を眺めた。

「あー喉渇いた。たまには希墨がお茶淹れてよ。今日は緑茶がいいな」

ヨルカは定位置の椅子に座る。

いつもはコーヒーか紅茶だが、ずっと海外だったから緑茶が恋しいのだろう。

「了解」

俺は電気ポットでお湯が沸くのを待つ間、備蓄しているお菓子からしょうゆ味のおせんべいを取り出す。

「何時に日本に着いたんだ？」

「今日のお昼くらい。ほんと、向こうを出発した時はすごく風が強かったから飛行機がジェットコースターみたいに何度も乱高下して恐かった。ずっとシートにしがみついてた」

「大変だったな」

「機内でもあまり眠れなかったし、もう身体中バキバキ」

「一服したら肩でもお揉みしましょうか？」

「いいね。よろしく」

お茶を淹れ、湯飲みとおせんべいをヨルカの前に置く。

これで立派なおやつタイムだ。

「あれ、希墨はコーヒーなんだね。一緒じゃないんだ」

俺はいつものようにブラックコーヒーを飲んでいた。

「緑茶は、お昼に美味いのを飲んだからさ」

「……どこで飲んだの？」

「え？　神崎先生に相談があって、茶室でごちそう、にッ──」

答える途中で喉が凍りつく。

神崎先生はヨルカにとって天敵なのだ。

案の定、ヨルカはへそを曲げた。寝不足のせいもあるのか普段の三割増しに目つきが悪い。

「希墨、またあの教師のところに行ったの！　なんでよ！」

「先生に直接確認しなきゃいけないことがあったんだ」

「ってことは、ふたりきりね！　そうでしょ」

ヨルカが詰め寄ってくる。嫉妬レーダーの感度がよすぎるぞ。

「なんでそんなに鋭いんだよ」

「ぬかったわッ。もっと早く来ればよかった」

「その時間はまだ空港だろう」

「ム～～～、ジェットをチャーターすればよかった」

「有坂家ってそんなに金あんの⁉」

「悪天候が憎いッ」

冗談なのか本気なのか、リアルに判断つかない。

「ヨルカはなんだって神崎先生をそんな過剰に敵視してるんだよ」

「とにかく、あの教師はダメ！　ダメなものはダメッ！」

「紗夕ですら許せるくせに、さっぱりわからん……」

ヨルカが対抗意識を燃やす理由がさっぱりわからず、俺は訊ねてしまう。

そもそもヨルカは他人に興味がない。そんな彼女が敵意を持ってここまで執着するとは余程の理由だろう。

カラオケの時も朝姫さんが来ると知った途端、参加を決めた。

好きと嫌いがとても両極端な女の子だな、と思う。

去年も俺とヨルカは神崎先生のクラスで一年間をすごしてきた。

ヨルカと神崎先生の間でトラブルがあったか否か以前に、そもそもこのふたりが話している
のを見た記憶がない。

だとすると、入学以前からふたりには因縁でもあるのだろうか。

「ヨルカ、先生と昔なにかあったのか？」

「わたしじゃない」

「じゃあお姉さんか」

俺はすぐに答えに気づく。

ヨルカは、沈黙をもって肯定した。

「いい機会だから教えてくれないか？　クラス委員の俺はどうあっても先生と話さないといけないからさ」

「……お姉ちゃんは永聖に入って変わったの。あの教師のせいで」

「シスコンかよ」

どれだけシリアスな事情かと思いきや、お姉ちゃん大好きか。

「違うから！」

「でも、その変わっちゃったお姉さんが嫌いってわけじゃないんだろ」

例の噂の時も、お姉さんは神崎先生と協力して妹のヨルカを助けてくれた。

「そうだけど……」

「ははん、さては自分の知ってるお姉さんじゃなくなってショックだったとか？　それで神崎先生を目の敵にしてるんだろ？」

「どうしてそういう解釈になるの」

頑なに認めないヨルカ。

こいつはどうにも重症だ。

敬愛する姉を劇変させた不倶戴天の敵、その教え子として高校生活を送るとなれば不機嫌にもなろう。

「いい先生だと思うぞ。そこまで警戒せんでも」

今日だって神崎先生の助言がなければ、紗夕に仲直りを素直に言い出せなかったと思う。

「希墨まで味方をするの？」

ヨルカはプリプリと怒る。

「そもそも敵でも味方でもないから」

「とにかく希墨も、あの教師から悪影響を受けちゃダメだよ」

ヨルカはそう言って、この話題を終わらせた。

たった三年、されど三年。

十代の子どもが成長するには十分な年月だ。

お姉さんの変わるきっかけが、たまたま神崎先生だっただけの話だろう。

そもそもヨルカが邪推するような出来事があれば、卒業後も神崎先生と交流するはずもない。強制されたのではなく、お姉さんは自らの意志で新しい自分になった。

俺はそう考える。

恋人の機嫌が直ったのを見計らい、俺の椅子の前にスツールを置く。

ヨルカがスツールに腰かけ、後ろの俺が肩をマッサージする。

華奢な両肩にそっと手を置く。確かに凝っていた。

「くぅ――――っ」

俺が揉みはじめると、ヨルカは悶えるような声を漏らす。

「大丈夫か？」

「痛気持ちいいんだけど、くすぐったい」

「だいぶ凝ってるな」

「けど希墨、マッサージ上手だね」

ヨルカはくねくねと身体を泳がせながらも、えも言われぬ刺激になんとか耐えている。

「次、背中に行くぞ」と、俺は指を肩から背中へと移動させていく。

「あ、う――――っ」

「こっちもなかなかひどいな」

首から背中、さらに腰まで流れるように揉みほぐしていく。

「じゃあ、次は……」

「十分！　ほぐれたから！」

「はい、動くなって」

振り返ろうとするヨルカをぐいっと前に向かせる。

「もういいってば。希墨、ありが──」

俺はヨルカを後ろから抱きしめた。

「ふぇ!?　え、えぇ？」

そのまま彼女のうなじに鼻先を寄せる。

「き、希墨？」

「──お礼を言うのは俺の方」

ヨルカを腕の中に収めて、包んで離さない。

わずかに抵抗しようとしたがヨルカはすぐに身体の力を抜いて、俺に身を預けた。

「希墨からハグするなんて珍しいね。これはなにへのごほうび？」

「海外に行った恋人を一途に待ち続けたこと」

「たかだか一週間くらいでしょ」

「俺にとっては春休みに匹敵するくらいしんどかった」

「出発の前に補充したよ」

「あんなんじゃ足りないから」

「希墨は甘えん坊だな」

「好きな人を求めて、なにが悪い。ヨルカ欠乏症の末期患者だぞ」

「それ、わたしがいないと死んじゃうじゃない」

「死ぬな」

「はいはい。わたしも、会いたかった」

ヨルカは手を伸ばして、駄々をこねる子どもをあやすように俺の髪を撫でた。


そのまま相手の体温に浸るように抱きしめていると、やがてスヤスヤとした寝息が聞こえてきた。

「眠いのを我慢してたんだろうな」

長旅の疲れと時差ボケもあるのだろう。

ヨルカは安心して俺に寝顔を見せてくれている。

それがなにより嬉しかった。

俺は眠るヨルカを抱いたまま、美術準備室に差しこむオレンジの陽の光が消えていくのを静かに見届ける。

薄暗くなってからどれだけ経っただろうか。控えめなノックの音が響いた。

少し待ってから扉が開く。

やってきたのは神崎先生だった。

俺は驚いて、身体が大きく動きそうになった。思わずヨルカを起こしていないか心配になる。

「いいです。起こしてしまいますから」

ヨルカが寝ているのに気づいた先生は、俺にじっとしていろと手で制する。

「よくここにいるとわかりましたね」

俺も声を潜めて話す。

「彼女のお姉さんから帰国報告と一緒に、有坂さんが学校に向かったと連絡をもらいました。まさかとは思いましたが、ほんとうにいるとは……」

先生は石膏像の並ぶ机に軽く体重を預ける。

「有坂さんはもう自分の望むままに行動できるんですね」

先生は、ヨルカの変化を静かに喜んでいるようだった。

まるで以前のヨルカが自分の意志で動けなかったみたいな言い方が、引っかかる。

「あの、お咎めはなしでひとつ」

優等生ながら神崎先生に対しては当てつけのような行動をするヨルカを、俺はフォローする。

「ここは彼女のために私が与えた部屋です。授業が終わった頃に彼氏恋しさで登校なんて、お説教する私の方が気恥ずかしくなります」

薄暗い部屋でなお、先生は眩しいものを見るように目を細める。

「先生って卒業してもヨルカのお姉さんと仲がいいんですね」

「……有坂さんのお姉さんとは生徒と教師の関係ですが、単純に人として気が合ったんですよ。私も赴任したばかりの新人教師、彼女のお姉さんはクラス委員をしてました。接する機会も多く、気づけば腐れ縁というやつです」

ヨルカから聞いた話では一年生の時から生徒会長を務めるほどの人気者だったそうだ。年配の先生方にも覚えがめでたい有名な卒業生で、その恩恵を現役の俺達も受けている。

神崎先生にとっても思い出深い生徒のひとりなのだろう。

「ヨルカが先生を警戒するのは、どうもお姉さんが原因みたいですね」

「どういう風に聞きましたか？」

「先生のご想像通りかと」

先ほど聞いたヨルカの言い分は攻撃的だったため、口頭で説明するのは控えた。

「私は、彼女にとって悪役ですからね」と先生は笑う。

「でも真相は違うんですよね？」

俺はヨルカの細い肩にそっと触れる。

「有坂さんにとって、お姉さんは常に目標でした。小さな頃からお姉さんのようになりたいと一生懸命に真似をしていたそうですよ」

過去形で語られる有坂姉妹の関係。

そのカギを握るのが我らの担任・神崎紫鶴だった。

「妹が、大好きな姉を真似るなんてかわいらしいエピソードじゃないですか」

「どんな仲良し姉妹でも、性格や適性は異なります。有坂さんのお姉さんは行動力の塊みたいな明るい子でした。生徒会長にも選ばれ、制服が新しくなる時の学校案内のパンフレットでモデルを務めたりもしてましたね」

「あの伝説のモデルってヨルカのお姉さんだったんですか⁉」

「瀬名さん達の入学前には卒業しましたから、知らないのも無理ありませんね」

衝撃ッ！　受験倍率を跳ね上げた美少女モデルの正体は、俺の恋人の姉だった。

「有坂さんも華やかさこそお姉さんに負けませんが、この子は本質的にもっと繊細で物静かです」

「対照的な姉妹ですね」

「有坂さんのお姉さんは性格の違う妹が、自分の真似をするのを心配してました。応援はしたいけど無理をしている妹を見るのがつらい、どう接してあげればいいかわからない、いくら言葉で言っても聞いてもらえない。そうもどかしそうに私に相談してきました」

姉の心、妹知らず。

理想としていた姉が胸の内にそんな悩みを抱えていたとはヨルカも初耳だろう。

「──なら妹さんが幻滅すれば違う方向を模索するのでは？」

「え？」

「当時の私は色々話を聞いた上で、最終的にそうアドバイスをしました。それは有坂さんのお姉さん本人にはプラスに働きました。しかし──」

「ヨルカはどうすればいいかわからず迷子みたいになったと」

ようやく神崎先生が入学時からヨルカをずっと気遣っている理由がわかった。

先生のアドバイスで理想だった姉が変わった。

だが当のヨルカは梯子を外されたみたいに、目指すべき未来の自分の姿を見失ってしまった。

神崎先生は、そのことに責任を感じているのだ。

「有坂さんも、自分をよく理解してくれる相手に出会えてよかったです」

薄闇に浮かぶ先生の白い横顔には反省の色がにじむ。

先生はヨルカのお姉さんにとってはよき理解者だった。

ただ、それがヨルカには及ばなかっただけだ。

「──教師ってそんな万人を導ける超人じゃないですよね？　言っちゃあなんですけど同じ人間に俺はそこまで期待してませんよ」

俺の忌憚のない意見に先生は目を見開く。

この先生もかなり生真面目な部類だ。

生徒ひとりひとりのフォローでも大変なのに、その身内まで助けようなんて難題すぎる。

まして新米教師時代のことを今も気にしているのだ。

先生ひとりで背負いすぎるのはよくない。

「大丈夫ですよ、先生。今は俺がいますから」

俺は明るい声で宣言する。

この腕の中にいる女の子は俺が必ず守る。

「……ほんとうに、私の一番の予想外は間違いなくあなたですよ。瀬名さん」

先生は机から腰を上げる。

「言っておきますが、その子を大切に思っているのは瀬名さんだけではありません。いまだに妹離れできない過保護なお姉さんはなにかあるたびに私に相談してきますし、私にとっても彼女は大切な教え子です」

そう言って、先生は長い黒髪を翻して扉へ向かう。

「学校で夜明かしは絶対によしてください。そろそろ校門が閉まりますよ」

「了解です。先生が帰ったら、起こします」

「結構です」

神崎先生は見逃してしまいそうな控えめな微笑みを口元に浮かべて、静かに去っていった。

足音と気配が完全に遠ざかってから、俺はヨルカに声をかける。

「で、狸寝入りはもういいんじゃないか？　ヨルカ？」

「……なんで気づくのよ」

ヨルカがすくっと上体を起こす。

「そりゃ俺にぴったりくっついてたから」

わずかな動きだって伝わるに決まっている。

ヨルカは、先生が来たタイミングでとっくに目覚めていた。他人の気配に敏感な子だ。

そして相手が神崎先生だと気づいた瞬間、寝たふりを決めこんだ。

室内の電気も消したままだったから、先生はヨルカが起きた時のわずかな動きを見逃していた。

「そこは気づかないふりしてよ？」

「先生がいる時にバラさないだけ十分やさしいだろ。で、真相を聞いたご感想は？」

「それより『大丈夫ですよ、先生。今は俺がいますから』って、わたしの側にいるって意味だよね？」

「？　当たり前だろ」

「聞きようによっては、あの教師のことを支えるって風にも受け取れるんだけど！　後輩の次は担任教師なの⁉」

日本語って難しい！

「って、怒って露骨に誤魔化そうとするな」

明らかに話題を逸らそうとしているヨルカ。そうはさせない。

これはヨルカにとって過去を正しく捉え直す好機だった。

俺と紗夕が関係性を修復できたように、ヨルカと神崎先生も上手く歩み寄れればと願う。

ふたりで美術準備室を出る。

薄暗い廊下を並んで歩きながら、ヨルカはポツリと呟く。

「……すんなり納得は、できない」

「そりゃそうだ」

ヨルカの育った有坂家はみんなハイスペックで社交的。

そんな中、大人しい性格に生まれたヨルカはお姉さんの真似をすることで必死に追いつこうとしていた。

お姉さんにしてみれば、無理してがんばっている妹が不憫だったのだろう。

傾けた気持ちが大きいほど諦めるのは難しい。

姉の変化によってヨルカは手本を喪失し、嫌でも自分と向き合う羽目になった。

ヨルカ自身、なにをしたいのかわからないまま悩んで苦しんでいたのは事実だ。

「納得できるまで考えるのも、忘れるのもヨルカの自由だよ。だって過去はやり直せないし」

「今日の希墨は特に実感がこもってるね」

ヨルカは意地悪そうに笑う。

「まぁヨルカが過去をやり直せるとしたら、たぶん永聖には入学してないだろ？」

「うん。お姉ちゃんがいたから受験しただけだし。積極的な理由は確かにないかな」

「そしたら、俺とヨルカは出会ってなかった」

切実な気持ちで俺は呟く。

出会いは選ぶことができない。

だからこそ、俺はヨルカが傷ついた分まで愛してあげたかった。

この繋いだ手の温もりも胸を焦がす恋の熱情も幻でないことが、なにより尊く愛おしい。

「──そういう捉え方もあるのね」

ヨルカは晴れやかな顔で、どこか満足げだ。

「だから希墨は好きよ。話してるだけで、自分の悩みがちっぽけに思えるから」

「なら、よかった」

好きな人にはいつも笑っていて欲しい。

それを叶えられる自分でありたいと、俺は自分自身に誓う。

「ねぇ、希墨！　これからご飯行かない？　今度のお休みにデートしたいから、どこ行くか決めたいんだけど！」

すっかり元気になったヨルカ。それはマッサージと仮眠のおかげだけではないだろう。

恋人の素敵な提案を、俺はもちろん断るはずもなかった。

第十一話　ハッピーであるが、ウィークエンドはもっと楽しい

ついにヨルカとの休日デート。

俺はスマホのアラームよりも先に目を覚ます。

洋服などの準備は前日のうちにすべて済ませておいた。

着替えて、朝食を食べながらテレビで天気予報をチェック。

今日は一日快晴。最高のデート日和だ。

「よし、天気も大丈夫そうだな」

「ねぇ、きすみくん。今日はなんで早起きなの？」

一緒に朝食を食べている映が興味津々で訊いてくる。

「ヨルカと出かけてくる」

「いいなー！　映も行きたい！」

「おまえ、習い事だろ。サボる気か？」

「ヨルカちゃんときすみくんだけズールーいー」

「ズルくない。休みの日に妹同伴デートとか罰ゲームか」

「ヨルカちゃんは喜んでくれるよ」

妹は断言する。愛されキャラとして自信ありすぎだろう。

いやまぁ、ヨルカも映のことは気に入っているから実際大丈夫なんだろうけどさ。

最初の休日デートくらい、ふたりきりの楽しい思い出にさせてほしい。

映を習い事に送り出し、朝食の後片づけをしていたところでインターホンが鳴る。

やってきたのは紗夕だった。

「おはようございます。きー先輩」

「おはよう、紗夕。どうした？」

「この前お土産いただいたんで、お返しに。ママがお菓子を焼いたので届けに来ました」

紗夕は持っていた紙袋を手渡してくる。中を見ると丁寧に包装された手作りのクッキーだった。

「相変わらず美味しそうだな。ありがとう」

「いえいえ、いただいた温泉饅頭も美味しかったです。ごちそうさまでした」

丁寧に礼を言った後、紗夕はジロジロと俺の格好を観察する。

「きー先輩。ヨル先輩とデートですか？　なんか気合いの入った格好してる」

「ま、まぁな」

「……もしかして緊張してます？」

「そりゃそうだろ。なぁ俺、大丈夫かな？　服装とかおかしいところない？」

長い付き合いなだけにばっちり見抜かれて、俺は思わず紗夕にファッションチェックを求める。

「ダサくてもヨル先輩にコーディネートしてもらって服買えばいいじゃないですか？」

「雑っ！　もうちょいアドバイス的なことないの！」

「ぶぅ！　最低限のハードルはきちんとクリアしてますよ。これ以上は私の好みが入っちゃうから遠慮してるのに！」

思いの外、ちゃんと気を遣われていた。

「そうなのか」

「他の女の趣味でコーディネートされた格好でデートに来られたら、はっきり言って不愉快です。特にヨル先輩なら絶対気付きますよ」

「すまん」

「心配しなくてもきー先輩は、ヨル先輩にしっかり惚れられてますよ」

俺の緊張をほぐすように紗夕は太鼓判を押してくれた。

まるで昔のような調子の会話だ。

「だよな」

「うわぁー惚気。あー恋人とのデート、楽しそう！」

「紗夕」

「なんですか。まだ相談でも？」

「――ありがとな」

紗夕は一瞬だけ目を伏せ、それから笑顔をつくる。

「デートした途端、失望されて振られないでくださいよ」

「気をつけるよ」

「また瀬名会で遊ぶことあったら必ず呼んでくださいね！」

「……なぁ、本気でその名前にするのやめない？　せめて七村会にしない？」

「ぶぅ！　それだと意味ないですってば。きー先輩がいるから、あの人達は集まれるんです。たとえ恋愛感情があっても、なくてもです！」

紗夕にそこまで言われてしまうと、俺がごねるのも気が引ける。

……なにやら不穏なニュアンスを感じたのは、きっと気のせいだろう。

関係性に名前がつくのは、実はかなり大事なことだ。

掲げた看板があるだけで結びつきが強くなる。

俺は恋人宣言でヨルカとの関係をはっきりさせた。

同じように、学年の違う紗夕が集まれる瀬名会があることで繋がりは強くなる。

「それじゃあきー先輩、ヨル先輩によろしくです！」

かわいいけど、かわいげのない後輩はそう笑って帰っていった。

「さて、俺も行くか」

ひとりで地元の駅まで歩いていく。

そして電車に揺られて、目的地の最寄り駅に到着。大勢の人波に呑まれないように進みながら待ち合わせ場所を目指す。

すごい人だかりの中で、そこだけ空洞のように人のいないスペースができていた。

その真ん中に立つのはとびきりの美少女。

有坂ヨルカは既に待っていた。

学校の外で見るヨルカに俺は新鮮な気持ちを覚える。

私服姿もはじめて見るが、とてもよく似合っていた。

周りを行き交う人々も男女問わずヨルカに目が吸い寄せられているようだ。

当のヨルカはどこか所在なさげに立っていた。

こういう繁華街に、ひとりでいること自体慣れていないのだろう。

手首につけた腕時計をチラチラと確認している。

約束した待ち合わせ時刻までにはまだ三十分以上あった。

「待ち切れなかったのかな」

俺と一緒だ。

ヨルカがふと視線を上げる。

人ごみの中で俺を見つけた途端、ヨルカの整った顔に眩しい笑みが咲く。

俺はヨルカに向かってまっすぐに駆けだす。

今日は待ちに待った休日デートだ。

了

あとがき

はじめまして、またはお久しぶりです。羽場楽人です。

このたびは『わたし以外とのラブコメは許さないんだからね』二巻をお読みいただきありがとうございます。

告白から始まる両想いラブコメ、今回は告白できなかった片想いの女の子の物語でした。

結ばれる恋があれば、実らない恋もある。

誰しも失恋の切ない痛みに悩んだ経験はあると思います。

恋愛に限らず、自分の思っていることを相手に伝えるって本当に難しい。

特に会話というコミュニケーションは基本一発勝負。その場で上手くいかないと後悔したり凹んだりします。

逆に伝わった時の嬉しさは何物にも代えがたい喜びをもたらしてくれます。

おかげさまで本作の一巻は私が作家デビューしてから最大級の反響をいただき、すでに三巻も決定しております。はじめての三巻！　やったね！

発売前からびっくりするくらい多くの反応をもらえて、作者としてこれ程嬉しいことはありません。新しい読者様、どうか長い付き合いになりますように。過去作から応援いただいてる読者様には格別の感謝を。

今回は裏話をひとつ。電撃文庫の人気ヒロイン達には御坂や高坂、逢坂など名字に「坂」の字が多く使われていることに気づき、ヨルカの名字を有坂にしました。

担当編集の阿南様。今回は過去最大のダメ出しと過去最高の褒めをもらった印象深い一冊になりました。引き続きよろしくお願いします。

イラストのイコモチ様。続刊なのにコスプレや水着など新規デザインが多くてすみません。毎回イラストが届くたびに喜びに震え、創作の刺激をもらっています。本作の魅力を十二分に視覚化してくれる素晴らしい才能に感謝しかありません。今後ともお力添え願います。

デザイン、校閲、営業など本作の出版にお力添えいただいた関係者様に御礼申し上げます。

家族友人知人、同業の皆様、いつもありがとう。いとこのJは結婚おめでとう。本当に嬉しいよ！　末永くお幸せに！

次のページはなんと三巻の予告になってます。存在だけは一巻から登場していたあのキャラが満を持しての登場です。果たして希墨とヨルカに待ち受ける驚きの展開とは――。

それでは羽場楽人でした。三巻でまたお会いしましょう。

BGM：赤い公園『オレンジ』

――時は遡る。


瀬名希墨と有坂ヨルカが下校した頃、神崎紫鶴のスマホに電話がかかってくる。

着信者に表示されるのは有坂ヨルカの姉の名前だった。

日も沈み、人気のない暗い廊下の隅で紫鶴は応答する。


「もしもし」

『紫鶴ちゃん？　ただいま。いやぁー南の島楽しかったよ。今度はふたりでも旅行しようね。お土産も買ってきたから今度会う時に渡すから』

電話越しの声は時差ボケで眠そうだった。

紫鶴は無視して、先に事務的な報告をする。

「あなたの連絡の通り、妹さんは登校していましたよ」

『ろくに寝てないのにヨルちゃんも元気だなぁ。家に帰った途端、制服に着替えてまた大急ぎで飛び出してさ。そんなに彼氏クンが恋しかったのかな』

「そりゃ妹さんは彼にベタ惚れですからね」

『ねぇねぇ、紫鶴ちゃんはヨルちゃんの彼氏クンの名前知ってるんだよね？　私にもこっそり教えてよ。ヨルちゃんに何度訊いても、絶対話してくれなくてさ』

「生徒のプライバシーなので黙秘します」

公私混同しない紫鶴は、たとえ相手が元教え子で今はよき友人でも具体的には答えない。

『ケチー。どんな男の子なの？　ヒントくらい教えてよ。保護者代理としては、かわいい妹に変な虫がついてたら心配なんだよぉ』

「信頼できる子ですから大丈夫です」

『へぇー……紫鶴ちゃんが太鼓判を押すなんて珍しい。秘密が増えてお姉ちゃんはさびしいよぉ』

またクラス委員？　そんな頼りにするのは私以来じゃない。さすが自慢の妹だけど、

有坂ヨルカの姉——有坂アリアは相変わらず察しがよい。

教え子の誰よりも印象深く、友人関係となった今も個人的に頼りにしていた。

だから、ふいの電話でもプライベートな悩みをついこぼしてしまう。

「アリア」

『……ん？　紫鶴ちゃん、どうかした？』

「私は結婚して、教師を辞めるかもしれません」

『——詳しく訊かせて。力になるよ』

有坂アリアの声は、眠気など微塵も感じさせない真剣なものだった。

三巻に続く

発売決定!!!!!!!!!!!!!!!!!!!!!!

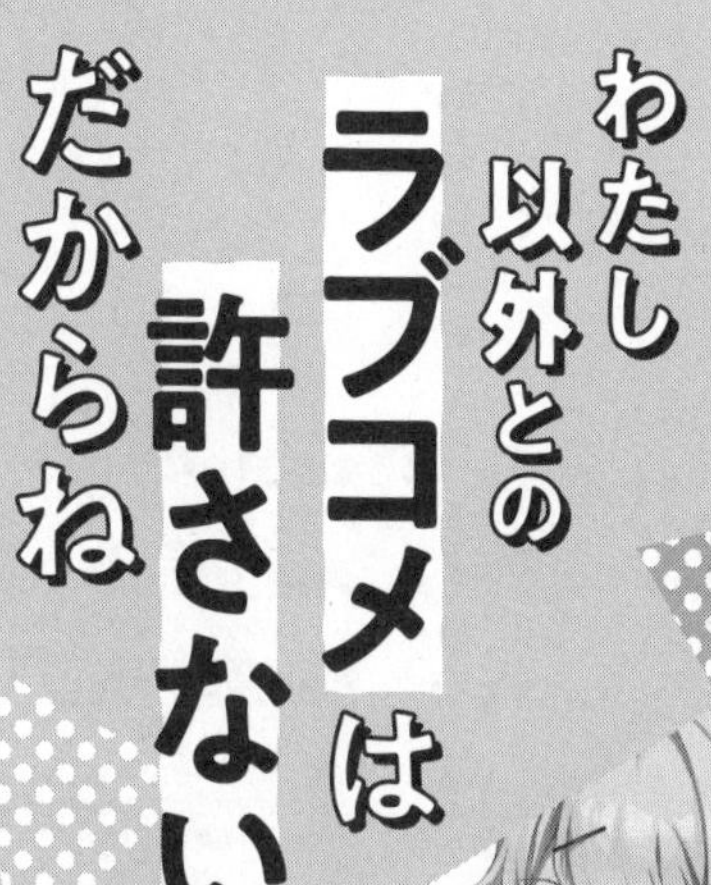

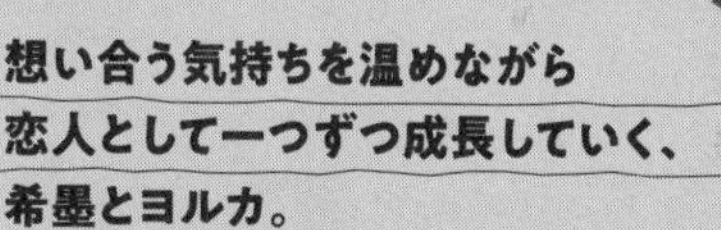

想い合う気持ちを温めながら
恋人として一つずつ成長していく、
希墨とヨルカ。

そんな恋人達を揺るがす、新たなる騒動。
担任教師、神崎紫鶴のピンチに希墨は決意する。
ヨルカの姉、有坂アリアの登場にヨルカは試されて!?
ラブコメ戦線はさらに混迷を極めていく。

第3巻2021年春

本書に対するご意見、ご感想をお寄せください。

ファンレターあて先
〒102-8177　東京都千代田区富士見2-13-3
電撃文庫編集部
「羽場楽人先生」係
「イコモチ先生」係

本書は書き下ろしです。

電撃文庫

わたし以外とのラブコメは許さないんだからね②

羽場楽人

2021年１月10日　初版発行

発行者　青柳昌行
発行　株式会社KADOKAWA
〒102-8177　東京都千代田区富士見2-13-3
0570-002-301（ナビダイヤル）
装丁者　荻窪裕司（META＋MANIERA）
印刷　株式会社暁印刷
製本　株式会社ビルディング・ブックセンター

ISBN978-4-04-913536-7　C0193　Printed in Japan

電撃文庫　https://dengekibunko.jp/

電撃文庫創刊に際して

文庫は、我が国にとどまらず、世界の書籍の流れのなかで〝小さな巨人〟としての地位を築いてきた。古今東西の名著を、廉価で手に入りやすい形で提供してきたからこそ、人は文庫を自分の師として、また青春の想い出として、語りついできたのである。

その源を、文化的にはドイツのレクラム文庫に求めるにせよ、規模の上でイギリスのペンギンブックスに求めるにせよ、いま文庫は知識人の層の多様化に従って、ますますその意義を大きくしていると言ってよい。

文庫出版の意味するものは、激動の現代のみならず将来にわたって、大きくなることはあっても、小さくなることはないだろう。

「電撃文庫」は、そのように多様化した対象に応え、歴史に耐えうる作品を収録するのはもちろん、新しい世紀を迎えるにあたって、既成の枠をこえる新鮮で強烈なアイ・オープナーたりたい。

その特異さ故に、この存在は、かつて文庫がはじめて出版世界に登場したときと、同じ戸惑いを読書人に与えるかもしれない。

しかし、〈Changing Times,Changing Publishing〉時代は変わって、出版も変わる。時を重ねるなかで、精神の糧として、心の一隅を占めるものとして、次なる文化の担い手の若者たちに確かな評価を得られると信じて、ここに「電撃文庫」を出版する。

1993年6月10日
角川歴彦